FERNANDA YOUNG

O EFEITO URANO

1ª edição

EDITORA RECORD
RIO DE JANEIRO • SÃO PAULO
2025

Texto revisado segundo o Acordo Ortográfico da Língua Portuguesa de 1990.

Capa e miolo: Giovanna Cianelli

Direitos desta edição adquiridos pela
Editora Record LTDA.
Rua Argentina, 171 — Rio de Janeiro, RJ
20921-380 — Tel.: (21) 2585-2000.

Seja um leitor preferencial Record.
Cadastre-se no site www.record.com.br
e receba informações sobre nossos
lançamentos e nossas promoções.

Atendimento e venda direta ao leitor:
sac@record.com.br

CIP-BRASIL. CATALOGAÇÃO NA PUBLICAÇÃO SINDICATO
NACIONAL DOS EDITORES DE LIVROS, RJ

Y68e Young, Fernanda
O efeito urano / Fernanda Young. – 1. ed. – Rio de Janeiro : Record, 2025.

ISBN 978-85-01-92580-0

1. Romance brasileiro. I. Título.

25-99789.0 CDD: B869.3
CDU: 82-31(81)

Carla Rosa Martins Gonçalves - Bibliotecária - CRB-7/4782

Impresso no Brasil
2025

O EFEITO URANO

PARA
MINHA
IRMÃ

“Todo fazendeiro que criou gado
sabe que, frequentemente, as vacas
montam em outras vacas.”
Dr. Alfred Kinsey

VERSÍCULO PRIMEIRO

Há sempre a maldita encenação do amor verdadeiro.

*

VERSÍCULO SEGUNDO

Na maldita encenação do amor verdadeiro, não cabe dizerem-se coisas como "eu odeio você quando você come com colher ou tira casca de pipoca da goela com o dedo do foda-se".

*

VERSÍCULO TERCEIRO

Diante do que Cristiana fez, tirar casca de pipoca da goela chega a ser um belo gesto. Já que, colocando-se o dedo em algum lugar para se livrar de um incômodo, perde-se a elegância, mas mantém-se a dignidade. A pessoa está ali, catando uma droga de um troço ali dentro, fincado em sua mucosa como um pedaço de unha roída, e tem um dever social de fazer tudo ao seu alcance para sobreviver àquele momento difícil. Cristiana não. Ela colocou seu dedo na boceta do próximo. E isso, bom, claro, isso não é em absoluto uma atividade incomum, muito pelo contrário, toda hora milhares de dedos percorrem caminhos idênticos. Mas nem que o mundo estivesse no Dia Internacional do Dedo na Boceta. Nem que a sincronicidade das ações pudesse vir a aliviar o que aquele dedo em Helena está sendo em Cristiana. Nem que, de uma certa maneira, Cristiana também estivesse procurando se ver livre de algo desconfortável encravado nela.

*

Superlativo absoluto. Eu só me referia a ela assim, num grau proparoxítono. É talentosíssima. Engraçadíssima. Inspiradíssima. Imagino que, aos olhos de um observador sensato, deveria parecer uma tia chata perante a foto surrada de um sobrinho loiro. Mas era somente eu, experimentando toda a excitação que uma nova amiga proporciona. Talvez – e só digo talvez porque não tenho completa certeza – apenas as mulheres saibam do que eu estou falando. E, quando falo mulheres, incluo, lógico, as bichas. Pois precisa ter o tipo de afetação mundana com pretensão ao eterno que é traço característico da genética da futilidade, para amar alguém de cara. Aaaaaaamar. Alguém com quem você nem vai querer trepar. Coisa de mulher. Dizem que a maldade também. A inveja, a falsidade. O fato é que as mulheres falam muito, e sempre, e sempre muito sobre tudo, para não dar oportunidade à verdade. Não podemos; ela é nosso último trunfo e guardá-la a sete chaves é o que nos defende do resto do mundo, o lado de lá, o masculino. Além do mais, verdades, assim, de repente, podem soar como grosserias. Então as mulheres contam até um incerto limite – as que contam, já que a maioria omite simplesmente ou mente descaradamente. Escondendo a verdade entre dentes, atrás de gemidos e gritinhos e palavras desconexas. Afinal, somos as histéricas. Todas nós, não sabia? A histeria está na semântica do útero e vice-versa. Por isso andamos dessa forma. Por que rebolaríamos se não sentíssemos uma frouxidão inerente aos quadris? A frouxidão da incoerência, do caos. Geramos a vida pela biologia e a morte pela melancolia. É a mulher quem carrega, em seu corpo, estas químicas tão opostas quanto necessárias. Os dois polos de energia plugam-se em nós, em nossos buracos, em nosso sistema. Mas não me confundam, o que digo não tem nada a ver com essas lenga-lengas de revistas femininas, sobre o que chamam "delírios da loba". Aliás, odeio esta nomenclatura como poucas. Loba? De jeito nenhum, que cafonice. E – sabe? – sequer descendo dos macacos. Vim de Adão, sou filha de Eva. A Eva, que foi costela de Adão, e o Adão, que ao dar sua costela perdia a reprodutividade. Seria isso? Não lembro. Adão, que partiu-se em Eva, tornando-se insuficiente. Ou mais ou menos isso. É que, eu confesso, outra vez estou falando de uma coisa e pensando no que aconteceu naquela época. Pensamentos agora leves, a ponto de existir na presença de outros. Antes eram duros e cruéis, a ponto de retesar meu corpo inteiro. Depois daquela história toda, juro, parecia que eu havia caído do alto de uma escadaria. Tombado e rolado, sob o imenso peso de um objeto raro que carregava. Pior que isso: parece que peguei uma escadinha doméstica e me equilibrei no topo de seu degrau mais alto, para então puxar, de cima de um armário, uma mala cheia de pedras. E no tranco necessário, para tirar essa mala dali, lancei-me inteira para trás, esborrachando-me com as pernas abertas em cima de um cacto. É, um cacto, pronto. E aqui eu poderia parar com a verborragia – não será suficiente recordar um amor com a exatidão de tal metáfora? Querem mais detalhes?

Ora lembro-me dela com pavor, e esse pavor também vai ser aqui registrado. Ora talvez pareça que ainda a ame. Mas não, são apenas momentos de onda reverberada. Sensação que foi, bateu na borda e retorna, menor e invertida. Porque basta recorrer às piores lembranças que sei que não sinto mais nada por aquela mulher. Que amá-la foi só uma burrice de minha alma oferecida. Apenas não dá para evitar esses ecos, quando se revela algo como o que revelo. Então amor, ódio, ridículo, descaso, cegueira e monguice são os ingredientes desta história. Ela me pertence e não a nego. Porém a Deus, assim a todos, conto-a agora, antes que Ele abra Sua boca primeiro. Considerando como consumado que Deus seja homem, portanto categórico, e eu não quero que seja dessa forma. Ele diria: Cristiana parou de beber depois de dar um vexame na casa da fancha. E eu prefiro: parei com a bebida porque sou uma pessoa sedenta e sem sentido de excesso. Indo ao fundo desde o primeiro porre. Tanto que nem me lembro que primeiro porre terá sido este; sequer chamava meus porres de porres, porque eles nem pareciam muito porres, logo eu os chamava de "noites boêmias". Consequentemente, repito, não escondo nada, mas preferiria que Deus não espalhasse coisas sobre a minha pessoa. Sempre fui a primeira a me dar apelidos; serei a primeira a assumir que errei. Que perdi a noção da realidade. Que me apaixonei. Afinal, uma vez que ainda penso bastante nisso mesmo após tantas lutas acirradas contra o tempo passado, resolvi desistir de me esquecer. Contra minha vontade, então, lembrarei de tudo. Mantendo apenas uma técnica em meu socorro: a transmutação dos pensamentos. Só dessa maneira, mudando os tons do que penso, posso relembrar sentimentos tão disparatados. Assim, vou logo avisando, não há linearidade alguma nestas linhas. Não há em lugar nenhum, aliás. Eu pelo menos nunca vi. Cansando-me muito cedo de me fingir de sensata. Dei meu primeiro sorrisinho aos três meses de idade – sorri antes, claro, mas não foram sorrisos sociais, foram rictos faciais involuntários. Creio mesmo que nunca aprendi, ou nunca me foi ensinada, a ingenuidade do riso simples; e em minha face estabeleci as reações patetas de quem não sabe por que está ou devia estar rindo. Hoje, mudada, quero fazer como os bebês fazem: mostrar as gengivas só para o que me for agradável. Guardar as lágrimas para o que me for tragédia ou por demais bonito. E ficar com qualquer outra cara em posição de descanso, qualquer expressão insípida, menos com aquele ligeiro sorriso de antes, de sensatez estudada. Mudei muita tranqueira de lugar e gostei da nova arrumação. Sendo o que acho agora, é o que é agora. Assim funciona o – pela última vez repito, juro – tom transmutado. Aquilo que pensei tão conclusivamente não é nada além de uma variação do que antes pensara de forma oposta. Óbvio, estou confusa. Porque não quero soar nem ajuizada nem doida de pedra. E gostaria de informar que o meu amor por ela foi uma composição de Béla Bartók: isso significando que aqui vai bater o ritmo descontínuo que tem a sua passagem em meu coração.

Conheci Helena numa festa; e já fico querendo descambar para o dramático. Tipo: havia muita gente, mas ela estava tão triste que quis saber por que chorava. Depois descobri que não era choro, era uma malsucedida cara de cansaço. Estranhíssimo, porque ela quis escutar um disco do Caetano em espanhol e ficou horas num canto da sala, uma espécie de reservado, com o encarte aberto na mão, cantando aquele *pero no mucho*. Eu, que estava com Guido, um tanto deslocados, pude assistir a tudo – um tudo que resumo numa mulher de uns trinta e cinco e cara de uns quinze, com um vestido justo demais para o seu corpo, ou um corpo largo demais para o seu vestido, lacrimejando e mostrando que sabia línguas. Após esse dia, nunca mais a vi, até que nos reencontramos – sendo impressionante que "nunca mais" possa ser usado desse jeito, "nunca mais até que...". Mais impressionante do que isso só mesmo ver uma pessoa numa festa, achá-la patética, e tempos depois a estarmos amando, para tempos depois não estarmos mais. Essa incoerência do amor quando revisto. Penso muito nisso, mais do que o necessário. Em como "é desconcertante rever um grande amor". Você olha para ele e não sabe onde foi parar aquilo tudo que deveria estar eternamente ali. Onde vai parar o sempre quando sempre acaba? Claro, "que seja eterno enquanto dure", e então não é eterno, pois a eternidade é infinita e finito é o amor, não é isso? É. Contudo, pensando sob outro aspecto, o que senti por ela ainda existe, uma vez que existiu naquele tempo e voa por aí em sua velocidade da luz. Pertencendo também ainda a mim o verbo que preencheu a lacuna desse vácuo. O verbo que eu disse dizendo "eu te amo". E se disse é porque era, e portanto é, já que a ideia dessa ação persiste. A ação não mais existe, diluiu-se no passar dos dias; tanto que, hoje, não entendo, não entendo, hoje, aquele sentimento, tão poderoso que mudou minha vida tão vertiginosamente. Cadê o amor que senti de tal forma verdadeiro? Somente em minha memória ou vagando por aí, em alguma maluca esfera quântica? Por isso, pretendo esgotar de vez esse assunto. O que venho tentando fazer aqui, oscilando, acredito, menos do que no início, mas, não nego, oscilando. Pois sigo em busca de um entendimento que me escapa e me deixa confusa. Quero entender, assim escrevo. E se estou mais esquisita que o normal é porque reli meus escritos de meses atrás. Adoraria poder desprezá-los. Seria perfeito se houvesse, em mim, covardia suficiente para anular essa perspectiva. Já que o que escrevi, mais do que sobre Helena, era sobre aquele sono.

O que estava por trás de tão implacável apatia? Simples demais acusar-me de tentar fugir; aí, sim, estaria fugindo. Porque deverá ser muito mais difícil explicar o que sentia. Um sono intrínseco, molecular. Seria medo de contar? É possível, pois não conseguia sequer saber onde tudo começou. Tentei, então, vários começos, mas sucumbia à desistência por volta da quinta frase. Queria me esquecer, seria isso? Justificaria a urgência de dormir: procurava sonhar para livrar meu cérebro da sua química. Imaginava-a bem, e isso me matava. Bem, eu digo, como bem ela fica em sua roupa bege. Perdão, ela não usa bege, ela usa gelo. Usava ao vê-la pela primeira vez, usou diversas outras vezes. Sua roupa gelo a deixar bem o seu corpo pequeno e volumoso. Incomum. Seu vestidinho gelo de decote em U. Os peitos apontando os lados e, no meio, uma tábua de sardas e santos a me instigar o olhar caído, além de uma vaga sede de gim-tônica. Ela, que veio exercitar suas psicoses em mim, devia saber agora que minhas motivações eram todas as que não me pertenciam. Porque chorar eu não podia. Desejar eu não podia. Querer morrer... Ora, o círculo do inútil estará sempre em meu pulso, lembrando-me de um cotidiano que exige e salva. Sei que aquilo que a movia para mim é o mesmo que move todos os fantasmas que querem voltar à vida. E dar vida ela podia, fazer com que eu acreditasse nela ela podia. Mas me deixou vacilando entre alegrias e desesperos, como um ponteiro quebrado. Um que funciona meio torto. Engraçado, mas hoje sinto-me, naqueles dias, dessa maneira. Desregulada. Tudo, o momento em que eu estava, quando o alarme deveria soar, quais musiquinhas tocariam para eu acordar. Tendo sido melhor assim. Nunca quis ser horário para ninguém? Não consigo corresponder a nenhuma necessidade. Hoje mais ainda não quero ficar como uma mímica, uma maluca ao longe, forçando caras e gestos, para lembrar alguém qual é meu filme preferido, ou o que espero de presente de Natal. Precisava, portanto, fazê-la parar, fazer-me parar, fazer-nos parar, as duas, de nos jogar uma na outra. Mostrando-me nela e mostrando-a em mim. Fazendo ela se amar em mim. Estávamos no epicentro do fenômeno, doentes de paixão. Trocando beijos nas nossas bocas adolescentes, sem jamais sermos adolescentes, jamais enquanto juntas. "Every time we say goodbye I die a little." É isso. É sobre isso que quero falar, não sobre sono. Sobre como estive morrendo por não estar com ela. Como mudavam meus dias se ela não me ligava. Devia estar mesmo muito, muito doida. Só uma mente em descontrole poderia ser tanto e tão pouco. Pretender tanto e tão pouco. Desviar-se daquele modo. Sei, acabamos ambas magoadas, mas continuo apostando mais na minha dor. Pois sofri ao fazê-la sofrer. E gostaria de morrer um pouco antes, se eu pudesse voltar atrás. Carrego, então, toda a culpa do mundo trancada no meu peito. Somos, todos, sem exceção, tão completamente idiotas, tão inconsequentes, quando juramos jamais magoar um amor. Neste momento, por exemplo, ao magoá-la, parece até que a amo. Uma vez que não consigo contornar emoções. Mas deixarei, acredito, acreditem em mim, de senti-las. Por enquanto, lamento, Helena e seu bege continuam em meu coração. Já que chorar ainda não posso. Ligar para amigos ainda não posso. Sinto-me proibida.

Talvez deva começar de um outro início. Um breve instante, bem lá atrás. Ninguém sabe dele. Porque somente agora arranjo coragem de lembrar quando senti o que se voltou para mais tarde, quando eu a conheci, e mais tarde ainda, quando a beijei. Estava em Paris. Estávamos, eu e o Guido, reclamando de Paris. Vagando pelas ruas com o humor acentuado dos que preferem Londres. Queria lembrar-

-me de detalhes que me fogem, como o tempo que fazia, as roupas que vestíamos, coisas assim. Só lembro, porém, que atravessava uma esquina com Guido me puxando – os carros mostrando com buzinas a impaciência aguda de seus donos – e uma moça passou por nós olhando-me nos olhos. Sorrindo para mim. Tudo muito rápido. Mas pude detectar, nela, um desejo específico. Assustador quase. Veja bem, eu nunca havia realizado a menor possibilidade de sedução numa mulher. Além disso, estava com o meu marido; e com certeza devo ter olhado para ele em busca de um flagrante do nada. Afinal nada aconteceu. Mesmo que, em meu íntimo, eu tenha adorado aquele mínimo momento. Quando fui notada. Quem está há muito tempo casado, como eu, esquece de olhar o olhar dos outros sobre si; e aquele conseguiu penetrar nessa cápsula de descaso, tocando meu corpo. Tudo muito rápido, como já disse. Inclusive a permanência da tal moça em minha mente. Poucos segundos, onde imaginei que seria divertido não estar com Guido. Talvez, dar meia-volta e seguir a francesa que, no sorriso, pareceu convidar-me para um drinque. Mas, entendam, nada disso pode ser de verdade. Faço questão de colocar essa dúvida pois acho o cúmulo da pretensão descrever um ato de voyeurismo em plena Paris, sobretudo envolvendo um olhar como o daquela jovem, por demais graciosa. Entretanto, caso essa passagem tenha sido um mero fruto de minha infiel imaginação, recorro assim mesmo a ela, para que se saiba que provavelmente despertei para tudo lá, e não na noite em que beijei Helena. É, foi com a moça de Paris. Foi ela quem me fez sentir a liberdade de querer o que é proibido. Talvez por estarmos, eu e Guido, um tanto adrenalinados nesse sentido. Tínhamos acabado de ultrapassar os limites de um cartão numa loja da Chanel, comprando um tailleur cor-de-

-rosa sem perguntar o preço, e havíamos decidido absorver esse exagero tomando conhaque. Nossa! Olha quantas coisas eu começo a lembrar daquele dia. Só por causa dele tenho vontade de voltar a Paris. E só por causa dele acabo de me perder entre as palavras. O que era mesmo que eu dizia? Preciso fechar os olhos até encontrar-me de novo.

Ah, sim.

Uma calma é o que sinto. Um tipo de alívio, diria melhor. Com os olhos fechados, vejo que não guardá-la mais em mim é o diamante que lapidei de todo esse entulho. Saber que não há a menor hipótese de ela me telefonar é a sensação mais refrescante que existe. Juro, se ela me ligasse, acho que vomitaria. E seria na hora que ouvisse aquela voz – sempre afobada para disfarçar sua natural estridência. Seria de tal forma constrangedor, meu Deus, que nem sei. Lembro-me dela, da voz, perfeitamente. Mais ou menos assim: alôô, Cristiaana, Heleena. Uma coisa densa, sabe? Dramática. Porque dramática ela esganiça menos. O timbre grave, porém, só dura os primeiros segundos. Assim que eu respondia meu "oi, tudo bom?", ela passava para um tom meio que berrado, dizendo que estava louca com um projeto, e que tinha que estudar mil referências, e por isso não podia me ver, mas que na sexta entregaria parte do trabalho, aí no sábado estaria livre, e talvez pudéssemos nos ver, para um almoço tardio, e que, puxa!, como ela tinha comido nesses dias de estresse. Eu escutava aquilo tudo quieta, imaginando se, quando a gente está realmente apaixonado, há algo mais importante do que se ver. Ora bolas, nem eu nem ela tínhamos motivo para nos agoniar a respeito de qualquer trabalho. Somos, as duas, razoavelmente ricas e inúteis. Eu, uma rica inútil casada com um médico de cabeça. Ela, uma rica inútil divorciada de um industrial de posses. Eu, assumidamente. Ela, uma culpada com tendência a engordar, que simula trabalhar em projetos que lhe custam mais caro do que poderia lucrar com eles. Então não me venha com essa de "preciso entregar". Eu não entendia, não entendo e nunca poderei entender – veja bem, ela dizia me amar. Sim, claro, eu sou uma doente mental que acredita no que nos dizem quando querem nos comer. Sendo que nunca tive intenção alguma de transar com ela. Juro outra vez. E isso soa falso, eu sei, pois estar apaixonado é algo do campo da sexualidade. Ao menos deveria ser. Acontece que eu não precisava adentrar os obscuros domínios físicos, já que, na minha piração *high-school*, estar junto dela era como andar com a chefe de torcida. Helena tinha – parte em meus delírios, parte é possível que ela tivesse mesmo – aquele arzinho de menina bem-criada que estudou no Sion e foi morar fora aos dezoito, que me encantava. Olha, eu não tenho muitas vergonhas na vida, não tenho, e para mim é muito tranquilo dizer que foi me casando com Guido que experimentei o que pode haver de melhor no mundo restrito da matéria. Sempre fui uma *freak*. Linda, mas *freak*. Depois, com Guido, é que pude misturar meu bom gosto – que sabe-se lá de onde veio – com o refinamento de captar oportunidades. Nada de mais. Coisa de mulher, novamente. Quase sempre é assim. Não com ela, obviamente. Ela era de boa família. Seus pais pareciam ter sido os mais cultos e deliciosos pais do mundo. Num colégio, ela seria do grupo que tacava bolinha e eu do grupo que levava bolinha. Ela apagaria o quadro-negro e eu fumaria escondido. Ela sentaria na primeira fila e eu, nos fundos da sala de aula, entre os doidões e os medianos. Ela seria a líder da patota lá da frente, das boas notas, das gatinhas e dos gatinhos, dos que são como deveriam ser. E, na última fila, eu e Alexandre Campolina – engraçado eu me lembrar de Alexandre Campolina. Éramos, definitivamente, péssimos alunos.

Eu, ele, Kátia, ruins de danar. Não burros, apenas péssimos. Éramos tão desacreditados que nos colocavam sempre juntos nos trabalhos em grupo; poupavam zeros. Trabalho de feira de ciência, ihhh. Lembro que soltamos um balão horroroso dentro da sala, intoxicando quatro coleguinhas com a fumaça. A ideia era provar algum fenômeno entre combustão e a gravidade, daí decidir soltar um balão. Se podemos chamar de balão aquela porcaria mole que fizemos. Papel crepom, não era esse o nome? E tinha uma história sobre a importância de a cola ser caseira, então nós preparamos uma cola com o recheio de um modess. Por pouco não pegou fogo na escola – o que nos salvou foram os pulos histéricos que o Alexandre Campolina deu em cima do fogaréu que virou o balão, voltando ao chão após um rápido voo. Pelos pulos, tiramos nota quatro. O que foi bastante razoável, uma vez que a média da turma foi cinco e meio. Bom... Essa era a minha gente, digamos assim. Eu jamais chegaria a dançar quadrilha com o Marcelo Furley. Ele sentava na segunda fila, logo atrás da Luciana, que tinha uma letra considerada linda. Foi isso. Helena tinha uma letra linda. Não era uma Luciana, mas tinha uma letra linda. E aí ela acenou para mim. Porque eu não a notaria por acaso. Chegou, toda tímida mas fortemente disfarçada, comentando sobre seu próprio vestido. Que sentia-se igual a uma aeromoça da década de 1960. Riu alto. Foi até uma bandeja com taças de champanhe e se serviu com a mais cheia. Reconheci nela alguém, sem concluir quem. Apresentei-me, para poder averiguar. Deixei-a falar por um tempo, tentava reconhecer a voz, os olhos, os cabelos. Mas nada disso era aquilo que a tornava familiar. Era o vestido, o mesmo vestido gelo. E demorei quase uns dois minutos para passar dessa figura A para a figura B. Ela era aquela mulher que escutava aquele disco chato. E sabe que, de alguma forma, já naquele dia eu sabia exatamente quem você era. Quando o sol se pôs e você pôs óculos escuros. Retardada. Programada. Indecente. Há uma moça, num livro do Milan Kundera, que vive de óculos escuros para assim sinalizar a sua dor; Mia Farrow, em *Broadway Danny Rose,* compôs seu personagem com óculos escuros imensos, pois tinha os olhos muito frágeis e a outra, a entidade fictícia, era destemida e mau-caráter; mas em Helena, os óculos ganham uma conotação filme B. Ela, de óculos, fica a cara da mulher que faz a supervisora do pensionato feminino em filme de Jerry Lewis. É que ela viu muita *Sessão da Tarde,* muito *Corujão,* e desenvolveu sua feminilidade em torno de um charme pouco genuíno, de ser delicada e sensual e tomar drinques delicados, e tomar cachaça como se fosse drinque delicado. Integrando em sua possível beleza um conceito de dubiedade desgastado, no estilo "sou fina e culta mas cresci num haras". O que Helena não sabe é que qualquer vestido se fecha sozinho quando somos magras. E já começo a me irritar com uma imagem insistente que faço dela: um faqueiro de prata semidesarrumado. Alguns talheres em seus devidos lugares, outros horrendamente desencaixados. Uma concha de sopa onde devia estar a colherinha de caviar. Uma faca de peixe onde devia estar o garfo de sobremesa. Mas pior mesmo sou eu, aqui, igual um palhaço Carequinha, a inventar comparações ridículas. É que me apeguei ao ódio, tentando vivê-lo até esgotar-lhe o veneno. Ela, na verdade, é que é o palhaço Carequinha. E eu, uma burra velha, pois deveria ter fugido de uma mulher que canta "I like potato, you like potato, you like tomato, I like tomato" para explicar o motivo de haver se separado do marido. Imaginei Ella Fitzgerald, num canto da sala, interpretando Gershwin, enquanto ele abria as janelas e ela fechava. Motivo da separação: homem é calorento e mulher é friorenta.

Helena usava os mesmos brincos quando era casada com ele e depois, um dia, comigo. Uns brincões de brilhante. Pareciam que iam cair da orelha a qualquer momento, de tão pesados. Mas não posso negar que ela os usava com alguma classe. Eu? Nunca usei brincos, claro que não, para quê? Chegam a me irritar, por serem tão ostensivos. E, nesse dia, ela disse que era "muito masculino" mulher sem brincos. Hum-rum. Eu achava – continuo achando – que brincos são desnecessários para uma mulher de belas feições. E que, olhando bem, nenhuma é feia o suficiente para precisar de badulaques nas orelhas. Nem Helena, que tem a personalidade de uma esponja: é horrível quando está com gente horrível, é bonita quando está com gente bonita. Só que esponjas não ficam bem de brincos.

*

VERSÍCULO QUARTO

Helena é a espada do kamikaze. Pretende agradar para ser querida, mas o faz de maneira tão profissional que age com os atritos. Atingindo a pessoa onde a pessoa quer, em seu desejo, ao liberar nela aquilo que o outro fantasia, mas tomando-se apenas um espelho de expectativas, uma ilusionista das emoções alheias. Cristiana, então, deixou-se seduzir por sua própria sedução, então refletida em Helena. Que tem uma voz dentro da cabeça que fica dizendo: eu preciso ser tudo para ter tudo. E deu a Cristiana um pouco do que ela de fato queria: doses de ousadia, pecado e culpa. Quase um jogo, uma brincadeira de pátio. Quase.

*

Toda vez que recebia uma ligação dela, era como se nunca mais fosse receber outra coisa no mundo. Sentia-me tão felizarda, tão bem-aventurada por falar regularmente com Helena que, com certeza, gastava ali toda a minha sorte. Podia desistir de um dia acertar na loteria, ou receber as cartas certas na biriba, ou ficar com o carro no sorteio de Natal do shopping – Helena ligou, ufa!, ela é realmente minha amiga. Um prêmio dourado à minha ética matrimonial. Uma prova de que Deus é justo. Um sim em meio a trezentos nãos. Ah, aqueles telefonemas, ah, aqueles telefonemas devem ter sido negociados com o cosmos em troca de algo muito afortunado, algum dom abençoado que se revelaria, alguma eureca que teria, patentearia e garantiria minha glória e riqueza por mil gerações. Eu tinha a sorte dos Getty. Dos Kennedy, dos Onassis. A sorte da Jacqueline Onassis. Porque tinha Helena para trocar CDs, livros cifrados, roupas, confidências. Para beber da mesma latinha de Budweiser. Para chorar durante a mesma cena. Para ter ataques de riso sem o mesmo motivo. Para ver as celulites dela e mostrar as minhas. Para brincar aquele jogo que você chacoalha e taca para cima, vendo quantas casas andar, e no fim sair pulando casas para acabar logo com aquela chatice. Acelerando quando já esbaforidas, como as atletas acima da idade. Pois eu estava sempre louca para escutar a voz de minha nova amiga dizendo alguma nova pérola, em algum lugar novo que abriu. Todo dia, o dia todo, esperando os telefonemas dela.

*

Você devia ter feito alguma coisa para me ter.
Ou me deter.

*

É fim de tarde. E, você sabe.

*

Eu te amava.

*

Até o instante em que decidi proteger-me, nada houvera de verdade. E não haveria de haver, já que eu era Lady Ashley, em *O sol também se levanta*, quando bebia demais e resolvia seduzi-la descaradamente. E era Dixie Beggs, depois, toda misteriosa, em seu quarto de *Essa valsa é minha*, com seus três macaquinhos de porcelana, que comprei iguaizinhos, num brechó. E era também Fábio Júnior, a cantar emocionada dores que jamais sofrerá. Sou assim, mil personagens, desde pequena. Vim de uma família de tal forma desprovida de honestidade que só restou a mim formar-me como uma não-eles. Acrescentando-me um tanto de gente que fui recolhendo pela vida. Trejeitos, olhares, silêncios, belas frases, tudo tirado de livros, filmes, novelas, fotonovelas. Revelando-me, portanto, a imperfeita definição da mulher que finalizou o século xx: não sabe o que é, mas o que não é, sem saber o que lhe é problema ou sandice, nem o que fazer com a liberdade que tem, não sabendo e sabendo tudo isso ao mesmo tempo agora. Helena, diferentemente, é uma figurinha de álbum. Daquelas que vêm em maior quantidade e vão se acumulando entre as repetidas. Casou por inércia, após desenvolver com relativa eficiência um ou dois talentos medíocres. Tentou ter filhos, não conseguiu, desistiu de tê-los. E atingiu o seu auge, sua pontuação máxima de ruído no universo, vivendo casos de amor com outras mulheres. Ok, talvez ela não seja uma figurinha tão vulgar. É, não, ela não é. Mas não atravessou algum limite, não deu algum pulo que faltava. E ficou afundada até o joelho no oceano dos medianos, onde os rompantes de inteligência transformam-se em tiradas de humorzinho culto e se desfazem no ar, feito escapes de gás num esgoto tratado. Sendo que a água de cada um bate no joelho que cada um estabelece. Não há fronteiras para onde alguém pode ir. Há, no entanto, dentro de todos nós, um alarme contra as correntes mais fortes. Nunca temi afogar-me. Helena, sempre.

*

VERSÍCULOS QUINTO, SEXTO E SÉTIMO

A ideia de ter um colapso nervoso surgiu algum tempo antes. Difícil apontar o instante exato em que se percebeu um amontoado de organismos, sensações, mal-estares, peles, pelos, sendo levada a reagir de maneira tão extremada, mas, ao ler Franny e Zooey, *ficou morrendo de inveja daqueles irmãos lindamente psicóticos. Reconheceu, neles, o que há muito, nela, conhecia: a tentação de ter outra existência, uma que lhe proporcionasse crises criativas, sacadas infernais, olheiras negras e uma implacável tendência para vícios. Passando um longo tempo, além dos quatro dias em que se deteve no livro, identificando-se com a lâmina emocional por onde os seus personagens caminhavam. Porque a família Glass continha todos os ingredientes, que, em sua cabecinha, pareciam ser os que necessitava. Para gerar, como os Glass, uma aura mofada nos seus dias de vida perfeita. Desejou, então, em seu íntimo, sofrer alguma perda. Precisava captar alguma verdade apavorante sobre o seu eu. Sobre sua família certinha e imbecilizada. Sobre qualquer cagada irremediável em seu passado, algo que a fizesse pintar um quadro, criar um verso, compor uma música. Finalmente demonstrando-se de importância para a humanidade.*

Era dezembro, o dia já quente em si, as tenebrosas emoções natalinas a deixar o calor ainda mais sufocante. Cristiana vinha por um de seus trajetos habituais, onde tudo lhe era comum e nenhum temor parecia poder invadi-la. Quando teve um piripaque. Ligado, a princípio, às pedras portuguesas, porém de caráter já explicado no versículo anterior. Leve tropeço da psique, que se deu mais ou menos assim: uns cinco passos sobre o ziguezague preto-e-branco da calçada e ela começou a sentir a ondulação do desenho de um modo também – digamos assim – morfologicamente ondulante. Significando que se moviam. As pedras. Como pequenas espumas. Um delírio vertiginoso que disparou seus batimentos cardíacos a níveis de montanha-russa. E Cristiana, com receio de desmaiar no meio da rua, saiu correndo pelo resto do quarteirão. Como se isso fosse a última coisa que pudesse fazer para salvar sua vida.

Quando conseguiu escapar das pedras no chão, sentindo-se fora de perigo, ela encostou num Uno velho. Pondo-se de novo a delirar, agora sobre o que poderia fazer para transformar sua realidade. Colocou a bolsa sobre o teto do carro e tirou de lá seu organizer. Buscando rápido o nome Helena. Aquela mulher que conhecia tão pouco, mas que parecia interessante, já que ambas odiavam preencher cadastros em lojas. Pegou o celular e ligou sem hesitar. Era o primeiro telefonema, aquele que não devia ter sido dado. E que deu origem à série, de dados e não dados, levando, pelos inocentes fios de Graham Bell, essa história de amor e erro.

*

VERSÍCULO OITAVO

Não estava convencida de que ir à casa dela tinha sido uma boa ideia. Dentro do táxi, entretanto, decidiu não haver mais jeito. Jamais ligaria de novo, no meio do caminho, assim, com o tom calmo dos histéricos que presumem-se tomados por certa lucidez passageira, dizendo "olha, sou eu, Cristiana, sabe o que é?, lembrei que preciso fazer umas contabilidades, ligar para a gerente do meu banco, tá?, hã?, não não, estou ótima, ótima, são esses hormônios, os danadinhos". Não, nunca. Fora estúpida mas não havia retorno. Riu, resignada. Ajeitou-se. "Preciso apenas de um drinque, e de ser mais humilde." Se ao menos soubesse como estava sendo também assustador para a outra. Cristiana chegando. Toda de preto. Doida por um uísque. Pronta para desmaiar. Pois é dessa maneira que testa as pessoas: obrigando-as a aturá-la. Então chegou à casa de Helena impondo suas peculiaridades. Jorrando pelos poros a sua singularidade opressora. E Helena saiu correndo para preparar os drinques. Da maneira que ela pediu: muito gelo, pouca água, num copo longo se possível. Cristiana ficou na sala. Observando. A casa de Helena. Bonita. Porém nada tinha dela – foi o que sentiu. Nada. Aquele clima sereno jamais estaria onde Helena habita. Meio que sabendo dessa discrepância, ela reapareceu na sala serena como a decoração. Madura como os uísques em suas mãos. Fazia tempo que Cristiana não sentia tão clara a diferença de idade entre ela e outra pessoa. Habituou-se a estar entre todos. Poderia dizer que, possivelmente, nunca antes havia se sentido tão mais nova diante de outra mulher. E Helena felicíssima por revê-la. Abraçou-a por um segundo; durante o qual Cristiana quis chorar. Preferiu falar. Desatada. No seu ritmo de sempre, acelerado mas pontuado com sofisticação. Helena interferiu duas ou três vezes, com aquela voz pré-disfarçada de mulher esganiçada. Qualquer tom, mais ainda esse de Helena, soa rude quando entrecorta o de Cristiana; igual a uma tosse num recital. E, naquele início difícil, a frase que lhe saiu mais suave foi "quer comer uma coisinha?". Helena sequer esperou uma resposta – levantou-se num pulo, alardeando um "Eu quero!" de propósito infantiloide. Quando voltou, trazia pratos com passas e amendoins. Que alimentaram as horas e horas de intimidades e gargalhadas que se seguiram. Chegaram a passear por toda a casa, numa visitação detalhada. Sossegaram no jardim, tomando seus terceiros uísques numa mesinha de madeira. Helena e Cristiana. Cristiana, já foi dito, inteira de preto. Helena, metida numa calça jeans com camisa branca. A tarde escurecendo tarde, vantagem do verão que aquecia o ar. Uma brisa que levantava as pontinhas dos cabelos. As recordações. Que, não sendo as suas, surgem, com a tolice de um lugar-comum. Mas o que seria dos grandes amores sem os clichês? Todos os belos momentos estão recheados deles – e narrá-los é, todavia, tão perigoso. Helena colocou Satie, já que estava acostumada com o disco. Tinha a intenção de apresentar-se bem para a moça, e conhecer tudo sobre um disco é um excelente começo.

Prestou-se, contudo, mais um razoável tempo, de ouvinte, aguardando o momento certo para falar. Enquanto isso, morreu de rir das coisas que Cristiana dizia – aquilo tudo lhe parecia tão pouco óbvio à juventude dela. Permitiu-se, aí, aos poucos, a tomar a palavra, até que dissertou com alguma fluência sobre as lutas do consciente contra o inconsciente, e sobre os motivos de não ter um cachorro, e sobre a vontade de ter um cachorro, é "olha como essa música é linda!". "Eu conheço essa música... Que música é essa?..." Os clichês rondando as notas do último do Portishead. CD que ambas, orgulhosas do fato, perceberam que tinham. E Cristiana confessou-se triste diante do capricho de Helena na manutenção dos discos. Era seu sonho organizar-se, só que é tão difícil tirar o CD e colocar de volta na caixa, aí abrir outro, colocar a caixa num lugar visível, para depois guardar o outro no seu lugar certo. É. A vida é difícil. Difícil sentir um melado no meio das pernas e falar sobre CD. Difícil sentir o clitóris inchado e permanecer parada. É, a vida é extremamente difícil – vamos tomar mais um? E tatatá, tititi, tototó. Como falaram besteiras. Os olhos ficando vermelhos. As risadas ecoando. Deixaram os últimos drinques pela metade. Despediram-se na frente do prédio com um abraço mais apertado que aquele da chegada. Cristiana virou de costas e fez sinal. Entrou no táxi, deu um tchauzinho e colocou nos ouvidos os fones de seu walkman sem pilhas. Para, você sabe, não ter que conversar com o motorista. Já Helena foi direto tomar um banho. Depois, olhou-se no espelho, nua, durante quase quinze minutos. Os seus seios meio caídos. Suas dobrinhas. Sua bunda de caixote com estrias laterais. Enxugou o molhado que restava invejando o corpo da nova amiga. Cristiana era tão linda. E o que Helena mais queria era vestir uma roupa justa tão bem quanto ela.

*

Eu ficava naquele estágio inicial do sono, chamado de vigília, quando posso levantar-me sonâmbula e cometer burrices. Outras horas caía dentro do quarto e derradeiro patamar na hierarquia de Morfeu, chapando sem descansar. Esperando você ligar. Acordada, deitada, esperando você ligar. Penso no que fui tão má, a ponto de merecer isso. Você me conheceu habituada ao seguro. Executando com prazer o meu papel. Testando a vida sem mediocridade, mas à beira dela. Desculpa se eu tive medo. Eu tive medo. Tive e tenho. Medo, inveja, ódio, ciúmes. Não menti, não queria mais a minha vida, mas tinha que defendê-la. E mesmo desde cedo te amando, desde cedo te expulsando.

*

VERSÍCULO NONO

Juntem duas mulheres e não sai nada acima dos catorze anos de idade.

*

Caralho. Desculpem o termo, mas é que estou confundindo a porra toda.

*

Como ela é? Hum.

*

VERSÍCULO DÉCIMO

Cristiana rodopia o dedo num cacho de cabelo, concentra sua expressão em uma dúvida e devolve a madeixa ao resto do grupo, preso no coque apertado. Helena acha que pode fazer tudo. Vê um abajur, pergunta quanto custa e depois diz "muito caro, eu posso fazer igualzinho". Ela raciocina no sistema de produção. Entende o resultado sem reparar no doloroso processo. Desmonta o relógio até a mola, aí acha que a mola é simples e diz "eu faço igualzinho". E é péssima motorista.

*

Não sei, eu me apaixonei. Fui levada. Se eu levei? Não acho. Uma vez ou outra, bem sei, agi com malícia. Mas não a instiguei diretamente. Eu sou casada. Ela tinha terminado um namoro com uma pessoa. Ela é do tipo que namora pessoas. Uma circunstância clandestina, cheia de mistérios. Eu jamais começaria uma história assim, cheia de proibições. Não, de jeito nenhum. Não sou alguém que trai com naturalidade. Embora não possa negar que foi alguma espécie de motivação física. Não tesão – é uma sensação específica demais para me relacionar a Helena.

Eu tive poucos amores. Ela dizia ter tido cinco, na verdade seis, se contarmos Caetano. Mas Caetano não é do campo físico. Eu era.

*

VERSÍCULOS DÉCIMO PRIMEIRO E DÉCIMO SEGUNDO

Sofrimento amoroso, a dor mais inspiradora e mais perversa. Pois a profundidade do sentimento que acabou atinge camadas até então intocadas. Não deu certo, e você tinha toda certeza que havia achado a pessoa da sua vida. Mil desentendidos foram suficientes para acabar com tudo. E dói. Porque, se é como um edredom de penas de ganso estar amando sendo amado, o contrário é mesmo o miserável frio.

Paixão, a idiotice necessária. Logo, primeiro se é um idiota, depois se ama e se entende estar para sempre acompanhado. Por baixo do edredom de penas de ganso, que é o estado amoroso. Então os canais de comunicação se engarrafam. Congestionam-se as veias. Seu coração fica dilatado igual a coração de grávida. A caixa torácica torna-se pesada, a postura fica meio curva. Você levanta e parece que continua com a cadeira colada à bunda. Por fim, você corre sem sair do lugar.

*

As mulheres são naves de *2001: Uma odisseia no espaço*. Carregam no corpo um computador genial e genioso, como o Hal. E tudo começa ali. O mundo inteiro brota nelas. E o século que acabou pertence às mulheres mais do que qualquer outro, anterior ou ainda porvir, simplesmente porque, pela primeira vez, algumas começaram a se negar a transportar a vida, sendo essa vida de outros. Queriam apenas transportar as suas e olhe lá. Foi também o século onde as mulheres abriram a boca. E, como guardaram em seu silêncio milhares de anos de intensa elucubração foi o século do cérebro. A Era da Depressão. Porque as mulheres exercitaram demais suas mentes, à espera de saber o quanto podiam e ainda não podiam dizer. Quando, de repente, disseram. Inexatas. Não tiveram os corpos preparados para tantas e tão rápidas mudanças. Descacetaram. Figuram nos altos escalões e ditam deveres a domésticas. Fumam e bebem enquanto sangram. Como elas serão neste milênio? Úteros pensantes que recusam-se a tripulações compulsórias. Outras decidirão mais tardiamente, pelo apelo final do organismo dominador e, com a ajuda da ciência dita evoluída, terão passageiros de última hora. A maioria, no entanto, ainda não vai poder parar. Devem ainda muito, ou tudo, à beleza. Já que toda mulher tem a obrigação bíblica de ser bonitinha. São as musas de criadores já defuntos. Os homens? Não criam mais por elas. Bons tempos em que criavam. Sim, Leonardo da Vinci fez seu primeiro desenho inspirado na sombra de um homem ereto, mas a ereção deve sua função à fêmea. A mulher em seus vários tempos descrita. É a mulher quem descreve-se agora. Usando da liberdade que não lhe pertence há muito. Recorrendo à masculinidade para nutrir-se do direito de falar. E nunca mais se ouvirão estardalhaços sobre as dificuldades de se lidar com esse ser língua solta. Apesar de ela seguir por mais algum tempo sendo sutilmente punida. Sutilmente perseguida. Sutilmente mutilada. Já que os preconceitos estão nos cromossomos e vai bastar perguntar a uma das naves ocas: por que você não quer ter filhos? Qualquer explicação dela será um choque, uma afronta, nem que por um milésimo de segundo. Infelizmente, preconceito não é algo teorizado em qualquer religião ou mito, ou teríamos deuses em seu nome. O atual preconceito, este que habita o novo século, é o mesmo que acompanha o aparelho reprodutor feminino há milênios. Enquanto só a mulher detiver o transporte, somente ela, para sempre ela, será ela a mais perseguida dos seres. Porque a origem do mundo deve ser aniquilada antes que se saiba de tudo. Assim, será pecadora a mulher que diariamente continuar a expelir para fora da sua cartela uma pílula. Sendo o atual milênio já delas ou para elas.

*

Devo estar ovulando.

*

VERSÍCULO DÉCIMO TERCEIRO

Grandes sentimentos são assim, atiçam os nervos, enrijecem os músculos, liberam enzimas. E Cristiana caiu nesse estado: rindo à toa, podendo chorar a qualquer instante. Querendo mais. Vaga e inspirada. Os seis sentidos em alerta. Atendendo qualquer ligação com esperanças elevadas. Tocava o telefone e ela: oiiiii. Um oi comprido, do grave ao agudo em quatro compassos. Antigamente era só oi!, meio "estou em ação". Ou ooooooi sonolentos, antes das dez. Ou oooiii, "legal que você ligou". Ou um simples oi, "estou sem saco para você". Ou um oooi "nada de mais". Agora é pééé e oiiiii, "tava pensando em você, sim, beberia um drinque, sim, beberia cicuta, claro, ih, tô doida...". A pulsação disparada, sem cigarros, pronta a fumar os dedos. O oiiiii especial para Helena, seu melhor oi dos últimos tempos. Uma nova categoria em ois. Um oi tão maravilhosamente oi que Helena, uma vez, ficou comovida no o e excitada no iiiii.

*

Marcamos de nos encontrar na noite seguinte. E só valeria narrar essa expectativa se palavras fossem novidade para alguém. Ou se elas, as palavras, num desempenho acima do esperado, pudessem conduzir com tamanha eficiência as sensações que dispensariam o uso da imaginação. Transformando a narrativa de um olhar, latejante, úmido, fugidio, na exatidão do fato. Como isso não acontece, não há necessidade da arte nesta hora. Só de duas mulheres e um jantar na quinta. Duas meninas que se conheceram de tarde no playground e combinaram brincar amanhã de manhã. Quem não experimentou essa euforia dos primeiros momentos de reconhecimento? Talvez, novamente, os homens, então resumo-a assim: é quando uma deseja ser a outra, e se mostrar para a outra, fazendo-se necessária para a outra, ambas querendo essa coisa de se agrupar mas sem a ideia da propagação. Nossa, que esfuziância! É, o termo é esse: esfuziância. Demoramos uns quinze minutos para conseguir dizer algo minimamente lógico. As mulheres e suas inatas inaptidões para encontros. São quatrocentos desejos, dez drinques possíveis, cinquenta lugares horrorosos, quinze mais ou menos, uns três com manobrista mas sem um bom *negroni,* um muito bom mas cheio de bicha pobre. Por fim, ficamos entre esses dois e na hora a gente escolhe. Eu, menstruada, praguejei para as paredes na hora de escolher a roupa. Odeio isso, estar menstruada. Odeio, odeio, odeio. E estava há uma semana. Uma semana inteira. Pensei até que estava perdendo meu aparelho reprodutor. Aquela cacarecada toda se esvaindo. Queria um molde de látex de minha boceta para fazer uma rolha anatômica de cortiça. Pura estupidez. Ralhei comigo, dura. Depois de tantos anos a incomodar-me por entre as pernas, reclamar disso, pura estupidez. Precisava, sim, é estar zen. Respirar fundo. Permanecer tranquila. Tomar um uísque com Guido antes de sair.

— Então você acaba de confessar que nunca gostou do meu pai.

— Eu sempre achei que você soubesse.

— Não.

— Meu amor, ninguém gosta de pai da esposa. Nem de pai, nem de mãe, nem de primo, irmã...

— Eu gostava dos seus pais.

— Eu também gostava dos seus.

— Você acabou de confessar que não gostava do meu pai, que ele era um chato de galocha.

— De galocha.

— Galocha. "O pato vinha cantando alegremente quem-quem."

— Ele era um bom sogro, foi um bom pai, mas era muito chato. Com aquela educação que chamam de "educação de antigamente".

— Ele era de antigamente.

— Ele não era tão de antigamente assim. Esse negócio de ser muito educado é um transtorno nos tempos modernos. Você não trabalha num prédio comercial de trinta andares. Não sabe o quanto são insuportáveis aqueles que falam bom-dia, boa-tarde, boa-noite, com licença...

— Coitado, ele nem... Ele morava num edifício de cinco andares e...

— Isso foi um exemplo, Cristiana. Eu convivi anos com ele, e ele sempre me estendendo aquela mão firme e bem asseada, dizendo "como vai, meu jovem?". Que meu jovem o quê? Que saco.

— É, é mesmo, era um saco.

— Me dava dor no estômago.

— Olha o que você fez, Guido! Depois que o meu pai está morto há dois anos, você me revela que ele era um chato.

— Mas é verdade.

— Sim, mas pra que eu preciso dessa verdade agora? Você podia ter calado essa merda dessa verdade e eu jamais saberia.

— Bom, ele era chato pra mim. Pros outros...

— Agora é tarde, meu querido. Você me convenceu. Meu pai era um chato pra todo mundo. Um superchato. Um pé no saco. Essa é a porra da verdade. E pronto.

— Vai ver ele foi ficando chato.

— Não, Guido! Ele sempre foi chato! Agora eu vejo! Um chato!

— Todo pai é chato.

— Chega, oquei? Chega, antes que eu acabe com o meu bom humor, que já não está em seu esplendor e glória.

— ...

— O quê?

— Eu, hein.

— Que foi?

— Esse seu ataque. Eu achei que você estava achando engraçado.

*

VERSÍCULO DÉCIMO QUARTO

Guido fica quieto. E dá goles curtos em uísques aguados. Sorri, olhando para a pessoa, quieto. Ri das bobagens de Cristiana, ele a ama. Acha as irritações dela a coisa mais divertida que existe. Não costuma instigar esse comportamento, pois tem um certo receio. Mas ele adora quando ela fala, fala, fala, e depois fica com uma cara emburrada, balançando a perna cruzada.

*

— Você também é chato.

— Eu sou.

— Pai é chato, mãe é chato, filho é chato e marido também.

— Esposa também.

— Bom, pelo menos essa esposa chata vai sair, pra deixar feliz o marido chato.

— Com qual amiga chata você vai sair?

— Helena.

— Hum?

— Helena. Acho que você não se lembra dela, lembra?

— Não.

— Pois é, vou jantar com ela.

— Muito chata?

— Não. Tchau.

— Ser chato é uma simples questão de oportunidade.

— Tchaaau.

— Tchau.

*

VERSÍCULO DÉCIMO QUINTO

O fato é que, naquelas circunstâncias, nem uma nem outra tinha a menor intenção de enxergar singularidades detestáveis em suas mútuas personalidades. E Cristiana detalhou com suposições aquilo pelo que estava passando: "É um Retorno de Saturno tardio. Deve ter gente que sofre uma rebarba do fenômeno depois dos trinta."

*

— Você teve?

— O quê?

— Retorno de Saturno.

— Tive. Na verdade, bom, não sei. Quando eu fiz vinte e oito, acho que fiquei meio doida, sim. Mas no entanto doidos todos somos.

— Esses dias eu estava lendo um livro que dizia que o cérebro é muito novo no sentido evolutivo.

— É?

— É. Mas ainda acredito que Saturno seja o responsável por essa coisa que venho sentindo. Me sinto meio adolescente de novo. Só que com mais infraestrutura.

— Cristiana, você... Você parece tão segura e...

— O quê?

— Nada, é que você é tão clara nas coisas que sente que eu...

— Que você se sente confusa?

— Não. É que eu acho que ando um pouco amortecida, e isso me agonia, porque a serenidade pode ser um sinal de descaso.

— Como assim?

— Quando me creio calma, vejo que não é exatamente calma que tenho em mim, é um certo... tédio.

— Você diz que me acha segura... Eu tenho que estar segura, eu tenho uma obrigação com o bem-estar mental, sou casada com um psicanalista. Tenho que viver uma vida adulta, viajar, ir pra lá e pra cá, não posso fazer o que eu quiser... Quer dizer, eu posso fazer o que eu quiser, mas a minha vida é essa. Aí eu concluo que... Bom, aqui estou eu, como eu sou, e... sou uma mulher de sorte.

— O problema é que eu não tenho por que me desesperar e, quando eu controlo as minhas ansiedades, e me vejo equilibrada e calma... Mas nada é muito divertido quando tudo está equilibrado e calmo. Então olho pro meu corpo e encontro mil defeitos e penso em plásticas.

— Eu também penso em plásticas.

— Você? Você é linda!

— Eu não tenho um corpo realmente genial.

— E quem tem?

— Tem gente que tem. E, não querendo ser metida, se um ou dois detalhes, passados a limpo numa mesa de operação, podem fazer de mim uma deusa, por que não aproveitar e tornar-me uma deusa?

*

VERSÍCULO DÉCIMO SEXTO

O que ninguém entende é que essa essencialidade da beleza defendida por Cristiana não tem nada a ver com um excesso de autoestima. Pelo contrário, pois sempre foi bela mas só soube disso recentemente. Quando criança, nunca escutou um só elogio, nem mesmo disseram que era engraçadinha, e ela optou por ser inteligente. Não alcançando, contudo, nada de muito excepcional com a ginástica cerebral à qual se submetia. Leu todos os livros, viu todos os filmes, teve seus momentos de brilhantismo precoce, mas não desenvolveu qualquer aptidão concreta a partir dessa base. Portanto, apesar de sagaz e bonita, tem uma montanha de dúvidas a respeito de si mesma. Fato que, como já foi dito, se não fez dela uma rainha da psique malformada, desviou Cristiana de seu caminho mais natural. Já que ela chegou a conclusões duras demais cedo demais. Muito jovem, viu que agradava aos homens sem precisar ser uma mente genial atormentada por traumas de infância. Acomodando-se numa vida sem lutas. Jamais deixou, entretanto, de ansiar por turbulências. E dessa dúbia existência, de preguiça e ansiedade, advêm os seus problemas. Como um bebê dorminhoco, que prefere quando o avião balança, ela se deita e deseja, do fundo de sua alma, crises de histeria, pulsos cortados, amantes descontrolados em seu leito de morte, enterro num dia chuvoso. Mórbida, coitada. Chega a reservar partes do dia para pensar nessas cenas fúnebres, imaginando como reagiriam, diante de seu corpo inerte, os que a amavam e os que nem tanto. Quer viver um amor igual ao da música de Nick Cave – algo que ela mal traduz mais ou menos assim: eu não acredito em Jesus, mas sei que você, sim; eu não acredito em anjos, mas sei que você, sim; que eles não a impeçam de vir até mim, para dentro de meus olhos. Cristiana quer isso, um amor livremente triste, cansado, assustado, correndo para seus braços. Disse, uma vez: tudo que eu quero é você no meio dos meus braços. Sou uma porta inglesa, mas meus braços são calorosos somente para você.

*

O que mais tinha era medo. De ser desmascarada, de ser punida. Medo de Guido. Já que, eu previa, ele não aguentaria as minhas patéticas transgressões afetivas por muito mais tempo. Não teria realmente por quê. Nem tanto por qualquer motivo nobre ou moral, mas por razões estéticas. Fiz tanta merda. Consegui ficar tão feia. Como consequência, agora, estou aqui, quieta no meu canto. Tentando colocar em palavras o que sinto. A escrotidão que sinto. Mas não sou escritora. Para ele, então, eu minto – mentia, hoje simplesmente calo. Para mim, invento. Porque tenho medo, muito, muito medo. E é incrível como a ideia de ter ou não ter um homem por perto ainda possa me assustar tanto. Incrível. O meu querido Guido. Nunca complacente. Mas tolerante durante todos os meus piores momentos. Jamais me puniria, ou coisa parecida. Jamais me bateria. Só que já apanhei de outro. E morro de medo de todos eles. Dos passos deles em minha direção. Da respiração deles quando fecho os olhos. Dos braços deles, ali, pendurados. Eu sei que isso é injusto com Guido mas, sinceramente, desculpem, foda-se, eu tenho medo.

*

VERSÍCULOS DÉCIMO SÉTIMO ATÉ VIGÉSIMO

Quando resolveu que precisava ficar serena, para ser condizente com a sua nova condição de mulher inspirada, Cristiana decidiu consultar um especialista. Pesquisou entre conhecidas e recorreu à melhor astróloga de São Paulo.

— Quanto mais adulto a gente vai ficando mais a gente constrói a nossa personalidade e mais a gente dirige a vida da gente. Mas a cabeça da gente continua com as características do signo solar. Então é uma bobagem dizer que a gente é o ascendente. Mas é que o ascendente é a maneira que o outro vê a gente. É isso, é...

— É muito doido. Porque a gente é primitivo mesmo.

— A partir do momento que você nasce. Você zera o taxímetro.

— É. Noventa e nove por cento do nosso genoma é igual ao do chimpanzé.

— É?

— É. E você sabe daquele cientista que educou um macaco que nasceu junto com o filho dele? Não? Nasceram juntinhos, a criança e o macaco. Quer dizer, no mesmo dia e tal. Só que o macaco, com seis meses, subia nas árvores pra pegar banana.

Mais tarde, com Helena:

— O macaco, com seis meses, subia na árvore e pegava banana. Oh! Puxa vida! Grande coisa pegar bananas em árvores. Queria ver era esse macaco lidando com a realidade de ter recursos, com a consciência da realidade de ter recursos. Aos seis meses, um bebê está percebendo que pode fazer coisas. E morre de medo. Claro. Se macacos tivessem noção do quão perigoso e estúpido é subir em árvores pra pegar banana, chorariam, e chorariam, até que alguém trouxesse banana amassada com canela pra ele.

Antes, com a astróloga:

— Você sempre vai ser uma pessoa divertida, mas daqui a uns dois anos você vai ver que a coisa vai diminuir um pouco.

— Ai, tomara. Porque, sabe assim?..., eu sempre fui uma pessoa divertida mas eu ando cansada. Um pouco.

— Vai ficar mais fácil de você administrar.

— Nunca me incomodei com isso, nunca. Só de uns tempos pra cá é que começou a me pesar. Eu quero saber o seguinte:... eu não quero perder essa característica... mas quero sossegar. Eu quero me divertir mais sozinha.

Antes ainda, um pouco depois:

— Agora vai entrar a coisa da profundidade.

— Eu quero ir embora.

— Muito bem, é isso mesmo. Abril você vai ter chances de abrir os seus horizontes.

— Eu quero sair. Sair, entende?

— Não tem nada te impedindo de ir em nenhum momento.

— Eu quero fazer muita coisa.

— Marte e Vênus em Gêmeos. Ascendente em Vênus é uma coisa de ator. Tem que mudar de personagem. Viver isso na brincadeira. De repente ir até para o palco.

— Hum?

— É.

— Não...

— Por que não?

— Eu acho que... depois de uma idade... ir para o palco é meio ridículo.

— Não sei, as pessoas vivem coisas e resolvem viver essas coisas. Nem tudo tem a ver com faixa etária.

— Isso é.

— Se você tiver problemas com as mãos, vai fazer argila, vai ser escultora.

— Sei...

— Respiração tem dois movimentos: pra fora e pra dentro. É o trabalho interno e externo. Nesse segundo semestre, agora, vai ser mais pra dentro.

*

A raiva, o apego e a ignorância. Um cigarro que se fuma com vontade. Sexo. Terror. Mais sexo e terror. É preciso uma história. Você quer uma história, não quer? Eu lhe dou uma, meu amor. Eu sou uma má garota. *Bad bad girl.* Falam de mim pelas minhas costas. Falam de mim na minha frente. Mas o que eu preciso é de um bom corpo de jurados. Com o júri certo, sou absolvida.

O que é mais indecente? Chupar uma boceta ou um pedaço de picanha? Eu lhe digo – só para você saber o que é chupar uma boceta e poder discernir filé mignon de filé paris. Abra os grandes lábios, trazendo a umidade interna para a região do clitóris, e só então comece. Não é com a saliva que se faz o movimento, é com o gel que vem naturalmente da excitação. E o movimento deve ser o que a mulher deseja. Você pode circular a língua por ali, até acertar o que ela quer, e só depois ouse experimentar variações rítmicas. Para cima e para baixo. Para os lados. Oscilando. Assim, vira uma questão de tempo; e boceta é um troço que requer disponibilidade de horário.

Após o gozo, nunca deixe o local bruscamente, mas também não faça mais nada. Fique, talvez, um pouco mais. Antes de partir, dê um beijo soprado. Alivia o calor e, em alguns casos, faz com que a mulher se sinta amada. Mas não fale nada, não imediatamente. Não enxugue a boca, não tome fôlego, não ria. Nunca banalize uma boceta. Trate-a melhor do que a um rosto. Se tiver coragem, olhe para ela. Nunca demais. Não é para se acanhar, é para certificar-se de que essa não é igual àquela. Você não reparou, mas bocetas são diferentes.

Filé mignon não tem gordura e é bem vermelho. Filé paris tem um corte fino, com nervuras, e é mais escuro.

*

É que, na verdade, na verdade mesmo, eu sempre sofri me apaixonando. A gente esquece dessas coisas, mas agora me lembro de tudo; do quanto me acabei no início com Guido. Perseguindo-o, tornando cada detalhe de seu passado uma afronta direta ao meu amor. Ele não podia ter conhecido Paris sem mim. Ele não devia ter posado para uma foto, gargalhando e segurando uma latinha de Budweiser, antes de ter Budweiser no Brasil. E quando ele cantou "Let me be the one", eu traduzi errado e pensei que dizia "deixe eu ser aquele que irá girar seus ombros na hora certa". Acreditando nisso. Só que, na hora em que me vi perdendo o rumo por Helena, ninguém veio torcer meus ombros, tirando-me daquele caminho. Guido falhou. Acho até que, lá, eu sofria tanto por ele quanto por ela, ao mesmo instante antecipada e atrasada, como quase sempre, como agora, como daqui a um mês, e esse negócio de tempo, de lá, de antes, de depois, isso não tem motivo algum para existir além de tornar o que escrevo confuso. Sim, esta porra não está dando certo, eu sei, o tempo não significa nada quando as palavras se impõem; e não há, nem houve, ou haverá, ninguém que possa me tirar de caminho nenhum. Eu insisto, somente, porque tudo que já pretendo é cuspir em toda essa hipocrisia. Salvar minha alma. Tem gente que sabe o que estou falando. Agora, agora-agora, agorinha, tem gente que sabe o que eu estou, caralho, falando. É, é o meu momento, mas tem gente que também sente exatamente isso. Essa euforia de achar-se o único a sofrer no mundo. Aquele que mais se comisera, que mais sabe que está fodido, aquele que sofre de um jeito sofrido que ninguém mais sofre. E isso, que seria egoísmo, no sofrimento torna-se altruísmo.

A generosidade de ser o absoluto desgraçado do planeta, liberando o resto da humanidade para ser mais feliz do que você. Eu sou essa absoluta desgraçada. E estou desgraçadamente acompanhada por milhões de outras pessoas que escreveram cartas jamais enviadas, que destruíram cartas jamais abertas, que juraram que ficariam para sempre com você aonde quer que você fosse, para todo o sempre, e se você saísse por aí ela iria junto, e se você fosse para Marrocos ela iria também, e se você não andasse ela carregaria você nos braços. Sou uma desgraçada tão desgraçada que crê em tudo isso, agora e até o fim, sozinha com o mundo inteiro ao meu lado. "If you walk out on me, I'm walking after you." Nos meus braços, se você voltar; nos meus braços, se você morrer, melhor.

*

Eu não acredito, ela dizia, ela dizia na minha cara, que eu era uma *stupid girl*. Que eu só acreditava no que é *fake*, igual àquela música do Garbage. E eu olhava para Helena dizendo isso e jurava que isso era verdade, estando eu com ela e só acreditando no que ela acreditava. Por que ninguém segurou meu corpo quando ele começou a segui-la? Por que ninguém me disse que não podia? Era para ver se eu era capaz de ir? Era para saber se eu tinha peito? Hein? Quanta merda, hein? Se pudesse escolher, dormiria até tudo passar, e tudo vai passar. Antes que... Ai, antes que nada. Só estou falando um monte de besteiras, pois falo sobre o que eu não sei dizer. Como os apaixonados fazem. Os apaixonados desprezados, fique claro. Os que sofrem por amor e acham que devem sempre falar sobre isso. Sobre as suas más condições. De estarem prestes a morrer sabendo que não vão morrer.

Ui. Vou escutar os discos da Cindy Lauper que não escutei só porque ela não é magra. Vou ler os livros de Fernanda Young que não li porque ela não é feia. Vou fazer álbuns de fotografia com cantoneiras, e com todas as fotos que jamais tirei. Sou uma adoecida de amor. Uma sobrevivente do amor. Talvez eu seja a Madame Bovary. Acredito em reencarnação; só por causa de você, Helena. Acredito que possa ter reencarnado um personagem, já que personagens devem reencarnar em gente, uma vez que são gente. Ufa. Tenho oito cervejas na geladeirinha do meu escritório. Tenho um marido. Um que não girou meus ombros na hora certa, mas um marido. Tenho coisas para fazer. Tenho que parar de escrever você. Porque você não vai voltar. Nem eu quero. Você, sim, talvez queira ver-me. Ver-me não, pois você nunca quis isso. O que você quer é me mostrar algum vestido novo. São suas roupas que querem se mostrar para mim. Suas maquiagens. Ou um antigo colar de pérolas que você reencontrou no fundo de uma gaveta bagunçada. E como, ao contrário de mim, as palavras não mentem, devo dizer:

Vestes tão bem esses vestidos. Não acreditas mas vestes. Não te achas bonita ao meu lado, porque as malditas comparações eu vencia todas. Eu e a minha elegância Duquesa de Windsor. Tens, contudo, um vestido verde, verde-oliva, e ficas linda nele. E ele, eu sei, anda louco para ver-me.

*

VERSÍCULO VIGÉSIMO PRIMEIRO

Uma tarde, já tarde, numa sexta-feira, Cristiana passou na casa dela. Helena estava vestida com as mesmas roupas que havia colocado ao levantar. Acordara meio-dia e jurava estar com TPM. Para ela, TPM era um dia em que não estivesse ótima. Ou quando a sua pele ficava com os poros mais abertos. Ou qualquer outra circunstância mais chata que coubesse na frase "estou para ficar menstruada". O que era o caso; estava num vestido verde-azeitona, de algodão, com uns tamancos de palha enormes e umas meias de supermercado americano. Escutava rádio. Kiss FM. E perambulava pelo apartamento reclamando, rindo de si mesma, dando paradas em frente ao espelho do corredor para observar as maçãs do rosto e tentar uma ou duas caras que ficassem bem com aquela sua nova horrorosa aparência. Cristiana sentou-se no sofá da sala, passando os olhos pelo ambiente atrás de ocupação. Estava só de passagem, queria apenas dizer alguma novidade sem importância, emprestar algum livro que não lhe foi pedido, dizer oi. Querendo ver Helena. Que berrou do quarto: "pega três cervejas na geladeira e coloca no congelador!". Cristiana pegou quatro, uma para imediatamente, fez o que a outra mandou, logo voltando a sentar no sofá. Tomou um gole e imaginou que as próximas – as do congelador – seriam bem mais gostosas. Estupidamente geladas, quase doendo na garganta. As garrafas embaçadas, a espuma espessa, o líquido menos líquido. Lembrou-se, aí, de Helena. "Cadê você? Para de ficar pra lá e pra cá!" Descrevia assim o movimento inicial no protocolo TPM: vagar agitada pelos quatro cantos, para depois tombar numa poltrona e ficar catatônica por horas. Impedindo Cristiana de aproveitar sua difícil companhia. E ela já pensava em se levantar e ir embora, quando Helena reapareceu na sala com umas orelhas de coelho, umas orelhas de pano, coloridas num xadrez tipo saia de escocês, presas na cabeça por um arco branco de bolinhas pretas. Foi direto abrir o congelador e pegou uma cerveja, dando risinhos. Virou-se, enfim, para encarar uma Cristiana pré-gargalhante, e falou, antes de entornar a garrafa na boca: "a partir de hoje, nunca mais vou tirar essas orelhas". Manteve-as durante toda a visita. E Cristiana conseguiu perceber, no meio das orelhas ridículas, uma Helena se adaptando a elas; tentando, mesmo daquele jeito, alguma chance de estar mais bela.

*

Guido disse que eu estou viciada. Que é parecido com estar obcecada, mas é diferente. Só que era também para me acalmar, pois eu sempre fui assim. Ele acha que, depois de passar tantos anos escarafunchando cada faceta de meus problemas maternos e paternos, acabei por me acostumar, e passei a repetir o padrão nos meus demais relacionamentos. Que eu dependo quimicamente de mastigar todas as minhas relações, tornando-as um chiclete velho. É, foi o que ele disse, chiclete velho, do qual foi-se embora o sabor, ficando apenas o seco grude.

— Você deixa aquele chicletinho guardado num canto e pega pra usar de vez em quando. Aí masca, masca e masca, até a coisa dura ficar mole de novo, então mastiga mais um bocado, tirando dela o que ela ainda pode lhe oferecer, depois esconde novamente o chiclete embaixo de alguma quina.

— Eu recorro ao chiclete.

— Exatamente. Você recorre ao chiclete pra saborear o que não existe e especular sobre o que é que existe em lugar do que já foi.

— Sei... E por que eu faço isso?

— Porque você gosta, você quer elucubrar. Você é fascinada pela verdade, só que não é burra de achar que há somente uma. Então fica vivendo todas as possibilidades.

Até que você comprova, através de vários pontos de vista, que você é a culpada.

— Ai... Acho que sou assim, sim.

— Eu sempre te disse isso.

— Não, não. Nunca disse.

— Disse milhares de vezes.

— Não dessa forma. Você nunca teve essa coragem.

— Sempre disse, Cristiana, inclusive falei do chiclete, e tudo. Acontece que você fica milênios sem querer enxergar um troço, porque você não quer prejudicar a sua malhação mental. Começa... Bom, onde começa eu nem sei, mas quase sempre, pouco antes de você concluir que a culpa é sua, você fica com um ódio mortal do objeto em torno do qual você trava essas batalhas.

— A mastigação.

— Sim. Você ama a mastigação mas passa a odiar aquilo que mastiga.

— Que varia.

— Varia. Sempre variou. O que eu estava falando antes?

— Antes do objeto?

— Ah, então, o objeto. Você tem o objeto, que é o outro, e ele é amargamente mutilado dentro de você, no estágio em que você crê que o objeto é odiosamente culpado. Claro, você faz isso porque não pode aceitar que o outro seja independente de você.

— Eu queria comer o outro.

— Você quer ainda.

— Quero ainda.

— Quer.

— Mas o que mais?

— Após esse delírio de ódio, você começa a se culpar. A coisa pode parar em você ou estacionar no objeto. Quando a culpa não lhe parece sua. Mas como você precisa da existência dela, você é viciada em culpa, dependendo da importância desse outro em sua vida, você fica com ele pra mais tarde... guarda o chiclete, pega o chiclete, esquece o chiclete, sonha com o chiclete...

— E agora?

— O quê?

— Que que eu faço?

— Com o quê?

— Com esse vício.

— Ué, é igual a qualquer outro viciado. Um dia de cada vez. Lutar repetidamente contra os pensamentos repetitivos. Parar de vasculhar a cabeça à toa. De elucubrar em excesso.

— Mmm.

— Na verdade, Cristiana, sei lá, talvez você precise realmente disso... Eu não devo dizer como, ou mesmo se você deve parar. Eu sei que isso te faz mal, muitas vezes. Mas pode ser que você precise realmente desse mal pra viver.

— Mmm?

— Por que você não tenta escrever sobre isso? Talvez você entenda melhor, vendo seus pensamentos num papel.

*

Preciso desse mal para viver? Creio que sim. E pelo pior dos motivos: a vaidade. Dessa vez, pelo menos, sim, vaidade. "Tudo é vaidade, e o vento passa." Eclesiastes. Então quando estamos nesse estado, de total cegueira, quando as coisas passam e você as deixa passar como o vento, alguém sempre acaba soprando mais forte, possivelmente Deus, e não sobra nada. Você estava tão vaidoso que não fez nada.

Todo seu castelo era de palha. A casa do porquinho preguiçoso. É isso. Minha libido inflou-se e eu fiquei... eu fiquei... Como que eu fiquei, porra?!... Fiquei... Não fiquei como o terceiro porquinho, o que construiu a sua casa, na maior trabalheira, de cimento e tijolo. E nem fiquei como o segundo, que fez de madeira; e nem como o primeiro, que pôde fugir para a casa dos outros dois. Eu fiquei... Por que que eu estou falando essa merda toda de porco, cacete?! Jesus! Maria! José! Enlouqueci!

Não, não enlouqueci. Falava da vaidade, irmã mais nova das gêmeas inveja e avidez. A trípice da psicose. Um psicótico, para ser psicótico, precisa ser vaidoso, invejoso e ávido. Não tento sublimar esse ódio que sinto em mim e de mim, por estar assim, nem me constrangeria em assumir alguma doença mental, mas no entanto sei quem sou, mais do que ninguém, mesmo Deus, e eu não sou assim. Fiquei assim. E agora passou. É o que, na minha dimensão ordinária, detecto. Passou. Sei que tudo o que existe está somente em minha mente e que andei instigando a memória, esse chiclete velho, meio exageradamente, só para manter meu vício, o vício da soberba. Fiquei assoberbada. A presunção de achar que a culpa possa ser toda sua. Necessitando diariamente estimular o que há de mais rudimentar em mim, o meu segredo, essa minha neurose cristã-virginal-sado-maso. É isso, só isso, tenho até que cifrar isso para contar ao Guido. Eu quis apenas, outra vez, vencer a minha natureza. Cafonamente, transgredindo. Buscando ir contra minhas censuras. Hum... Ah... Ir contra censuras é muito bom. É, de fato, um vício. Guido tem toda a razão em dizer que eu sou uma viciada. Mas a coisa do chiclete... Ele não entendeu que o chiclete – pode ser a culpa, pode ser o ódio, pode ser o cu – o chiclete nasce quando se transgride alguma regra.

Portanto eu acho que, quando volto a ele, querendo mascá-lo mais um pouquinho, é só porque quero voltar a me sentir fazendo o que, um dia, foi-me proibido. Pelos outros ou por mim mesma, não interessa. Interessa é que a proibição, assim, vem antes da culpa. Ela é que é o problema, sou viciada é nela, em confrontá-la. Pois não posso negar que chutar um cristal seja o máximo da excitação, que dar amendoim para o macaco na jaula é uma alegria sem precedentes, que pisar numa grama bem cortada é um alívio para qualquer dor; e que o coração bate pelo corpo inteiro, mas, no meio, pulsa forte, bem no meio, fazendo parecer que o vício vale a pena.

*

Mais uma festa. Foram muitas, em nossa história. Se é que podemos chamar de festa esses simpósios de modernos paulistas, cheios de logomarcas de patrocinadores no convite e manobristas de colete. Fomos recebidas na área VIP por modelos-manequins uniformizadas. Ofereciam sorridentes o drinque especial da noite: uma bebida energética que vem em lata misturada com uísque e gelo. Aceitamos, provamos, sorrimos de volta para elas, fomos em frente. Gente supostamente se divertindo observou nossa entrada querendo identificar o que havia de VIP em nós.

— Vamos rodar?

Achei perigoso – havia uma proposta rave no ar e rodar por aquele lugar ia nos envolver como cúmplices daquilo tudo – mas não parecia haver outra alternativa. Atravessamos a multidão com razoável dificuldade e nos localizamos num canto um pouco mais vazio. Adiantando-me, disse a ela que não sabia dançar aquele tipo de música. Ela perguntou se eu nunca dançava.

— Não. Nunca, não. Às vezes.

— Quem não dança sempre acaba parado no tempo. Quando dança, dança John Travolta. Não acompanhou, entende? Tem que dançar pra se manter atualizada.

Dançamos embaixo de uma tenda de helanca branca lotada de adolescentes já velhos e velhos ainda adolescentes. Helena chegava a cantarolar trechos da música, completamente entrosada naquele habitat de revista inglesa.

— Solta mais. Assim, ó.

Seguiu-se uma cara séria e uns solavancos nos ombros, com os braços levantados feito num recebimento de santo. Um negócio *dancin' days visita o pelourinho,* intercalado com eventuais passos lateralizados e jogadas de pescoço. Aí entrou outra música e ela se animou ainda mais. Movimentos de agachamento, os joelhos se dobrando em breves espasmos, as pernas se abrindo em planejado desajeito, e eu, coitada, balançando-me ali, chocada, ou encantada, não sei direito, por certo pasma com o fato de as pessoas ao redor começarem pouco a pouco a se engajar em coreografias igualmente bizarras. Helena olhou para minha cara e riu. Rindo, deu um - digamos - rodopio e, quando voltou-se de frente para mim, estava séria de novo. É que não dançava mais comigo, mas com o povo em volta, o "seu povo", o povo que sabe qual é a maneira de se dançar nessa semana, e deseja que os outros povos saibam disso sem nenhuma sombra de dúvida. Todos eles dançando com eles mesmos e, dessa forma, uns com os outros, numa espécie de pacto coletivo, onde ninguém se acha ridículo já que todos são ridículos. Então eu fui recuando, ficando cada vez mais de longe, e já meio dançando meio parando, na verdade deixando-me levar por uma dessas tonturas de ocasião, desses baratos lisérgicos que advêm da inadequação momentânea. Até que parei num canto, perto de uma gente que se beijava. Dali, pude vê-la me procurando. Subitamente agoniada com as tantas pessoas que a cercavam. Fiquei um tempo desse jeito, observando tudo sobre ela, como um cientista observa a sua cobaia; e tonta, como já disse, resolvi que deveria testá-la. Se ela me queria. Se ela precisava de mim. Como ela agiria sem mim por perto. Interrompi a experiência após um ou dois minutos, temendo que Helena acabasse, em sua busca, achando alguma dançarina mais apta a um padedê safista. Remeti-me no meio das pessoas até chegar a ela e peguei firme em sua mão. Ela virou-me seu rosto suado e vermelho num susto, então sorriu a sua boca molhada, e brilhou os seus olhos também úmidos com um tipo doce de raiva. Tirei-a dali num leve puxão, trazendo-a para algum lugar, um que não havia como saber qual, entulhado de outros corpos, todos ao mesmo tempo nos atrapalhando e nos guiando; até que nos vimos dentro de um corredor mais apertado, onde batia um ventinho. Lá, paramos de frente uma para a outra e nos beijamos. Sem nos dar conta que, bem ali, estendia-se uma tela que recortava, em luzes coloridas, nossas silhuetas para o resto do mundo.

Foi o nosso primeiro beijo. E não esperem que eu descreva um primeiro beijo, já que todos sabem do que se trata.

Esperem, sim, de mim, que eu descreva como, por segundos, após o beijo, quase me perdi naqueles lagos profundos dos olhos dela, até que um garçom nos ofereceu mousse de salmão.

Ou, melhor ainda, que eu descreva a ressaca do dia seguinte; a pior de todos os tempos. Ressaca de Flash Power misturado com Johnnie Walker, de batom Lancôme misturado com batom Chanel.

Acordei apavorada. Apavorada é pouco – eu abri os olhos e gritei: merda!!!!!! Gritei, entenda-se, internamente, mesmo porque Guido ainda dormia. Merda! Essa coisa, mais do que desagradável, de se acordar cedo depois de um porre sem que se precise. Abri os olhos num estalo. E pá! Revi tudo sob vários ângulos de câmera, cada um me trazendo uma nova terrível versão do acontecido. Com flashes de um tipo de lente da verdade do Clodovil, uma visão do absoluto sobre nós, o ponto de vista da realidade; perspectiva que me pareceu infinitamente pior. Sabia, um: eu e Helena havíamos nos beijado na boca. Sabia, dois: fui eu que a beijei. Sabia, três: como que eu ia olhar para a cara dela? Sabia, quatro: pronto, fudeu, já era, perdi Helena.

Minhas vísceras uivaram ao longe. Segurei a onda, olhando piedosamente para o teto. Que tem uma participação especial em minha vida somente por se deixar ser olhado. E teto é uma coisa que eu odeio olhar. Pois eu fiquei ali, deitada, por um tempo que me pareceu várias horas, precisada de uma injeção de Plasil com Bepantol na veia, olhando para o teto. Teto que é o negócio mais sem graça que existe, que só ganha significado por estar por cima, estivessem os tetos embaixo, ou do lado, e nada se falaria sobre eles. Já que não se encontra, em um teto, nada que valha a pena. Nem mesmo um lustre Baccarat de vinte mil dólares salva um teto de sua opressora placidez, sequer o eleva além de sua única e torpe qualidade: rebater pensamentos merdas. Você aguardando, você fumando, você esperando um telefonema, e o teto é o teto. Convivo com este triste fato desde pequena: tetos não mudam. E eu jamais gastaria dinheiro com um lustre de classe. Helena, sim, era capaz de pagar fortunas pela luminária certa, de

Milão. Sendo que nem mesmo Milão salva um teto. Sim, odeio tetos, sempre os odiei. Eles também não vão com a minha cara. E Helena me encheu de tetos para olhar, esgotando mais este sentimento em mim. Com Helena, olhei tanto para tetos que os tetos começaram a olhar para mim. E a reagir ao que cogito. Ah rindo-se em porosidades. Escurecendo. Empretecendo minha pele. Virei, abaixo deles, uma carranca do rio São Francisco. Tornei-me, enterrada por eles, uma chata. É, Helena conseguiu fazer de mim uma chata. Helena e seus tetos. É isso, acima de tudo, que me deixa puta da vida. Já que chata fiquei espelhando tetos. Coberta por eles, e só por eles, virei um deles. E foi assim, sentindo-me um gesso rebaixado, que acordei naquela manhã. Pondo-me a medir palavras para convencer uma Helena não presente de que eu não era uma dessas lésbicas latentes que espera só uma oportunidade para sair enfiando sua língua por aí. Sábado, o dia amanhecendo, e eu numa conversa franca com um teto magoadíssimo.

Pensei tanta besteira sobre mim, que quase acordei Guido, em seu sagrado fim de semana, para ele interceder a meu favor. Guido poderia confirmar que sou uma mulher extremamente séria e correta, apenas um pouco às vezes juvenil, talvez por não haver me tornado mãe. E que não era nada disso que ela e o teto estavam pensando. Que eu era uma boa pessoa para se ter uma amizade leal, que eu era mesmo alguém para se ter para sempre – olha o chicletinho. Cheguei a cutucar o ombro dele uma vez, mas ele não despertou, e resolvi, seguindo o que eu acreditava ser aquilo que me restava de lucidez, ligar para o celular de Helena. Que estaria desligado, e eu poderia deixar um recado superbem-humorado, tipo acordei supercedo e tô superbem, seguido de uma risadinha super-relax e um "bom, é isso, me liga depois, tchau". Foi o que fiz, acreditem, perante um marido em descanso e um teto em desafio. Aí tomei meio Dormonid e meio tonta depois voltei a dormir.

Quando acordei, completamente grogue, com dores que iam dos rins até as batatas das pernas, Guido já havia se levantado. Olhei o relógio na mesinha e já era quase uma. Uma da tarde e ela não tinha retornado meu recado. Perdi de vez o controle e a coerência, agora não somente culpada e desequilibrada, mas principalmente morta de vergonha daquela minha desastrosa dublagem do que é bem-estar, gravada digitalmente nas máquinas de uma companhia telefônica. Veja, eu nem me lembrava direito o que tinha dito. A verdade é que até hoje não me lembro. Eram sete horas da manhã e estava ainda sob o domínio da bebedeira. Ressacas prematuras, já registradas aqui como as piores. A gente acorda bêbado e seguro, faz coisas que até Deus duvida, aí volta a dormir e depois puta que o pariu! Depois, a gente quer morrer. Ou beber. Como eu quis, por toda aquela tarde de sábado, solucionando as minhas patologias em drinques para Guido. Bebidinhas de sábado à tarde. Pequenos brindes emotivos – enfim algo pior do que tetos. Até que Helena ligou. Agindo como se nada houvera. Nada a não ser aquela parte "que abaixou o Amaro Fabiano em mim". E eu: hã?

— Você não lembra? Dancei igual uma dessas loucas vestidas de lycra cítrica. Olha, eu tenho sempre esses momentos, é melhor que você saiba logo, e o pior é que tem sempre gente conhecida também tendo esse distúrbio por perto.

Eu: ah. E ela riu sozinha.

— Quem é Amaro...? Amaro o quê?

Amaro Fabiano era uma bicha, coreógrafo de jazz moderno, de quando Helena era garota. Conforme ela disse. Dizendo mais.

— Eu tenho esse espírito Amaro Fabiano que baixa em mim, sabe? Se determinadas músicas tocarem. No dia seguinte, aaaaaai, fico apodrecendo de constrangimento. Não sei o que dá em mim. Eu perco o senso. Que vergonha.

*

No aaaaaai eu já amava aquela mulher.

*

Eu já queria cavucar meu interior, físico ou psíquico, minha alma, meus karmas, meus ectoplasmas, para que ela, aqui dentro, coubesse toda.

*

Comprei a *Playboy*. Tenho simpatia por essa revista. Não trabalharia lá, como o Guido chegou a sugerir, mas tenho simpatia. Ela é dissimulada, sim, porque as pessoas finas dissimulam suas fantasias. Ela é meio cafona, sim, porque fantasia sexual é meio cafona. Mas a revista não deixa jamais de ser o que é: um item genuíno. Contraditório? Não. *Playboy* é sinceramente dissimulada e meio cafona, servindo a um leitor também sinceramente assim. Ninguém esconde uma revista *Playboy*. O mesmo exemplar que vai ao banheiro volta para a mesa da sala. Não é como aquelas outras, que vendem milhares de exemplares todo mês e ninguém diz que compra. Tipo sexo entre uma mulher e um suíno. Uma vez, para escrever uma matéria que não me lembro qual, dei uma folheada em algumas delas. E nunca mais me esquecerei do que vi. Não me excita a lembrança, mas ela ficará em mim. A mulher arreganhada em página dupla, enfiando na vagina uma tripa comprida e rosa. Uma cena deprimente sob todos os pontos de vista, inclusive o do porco. Quem compra esse tipo de revista, sim, precisa se explicar. Eu, não. Eu comprei uma boa e honesta revista de mulher nua. E podem me chamar de careta. Mesmo porque, nessas coisas, eu sou careta. Frearia os meus passos na hora, se entrasse num lugar e tivessem deixado uma revista dessas, com depressivas dando o cu para bichos, em cima do sofá da sala. Já a *Playboy,* tudo bem – as depressivas estão esfregando o cu na areia numa praia de Bali. Isso se chama dissimulação. E isso é bom, acredite; isso é o que nós denominamos civilização. Essas bonecas de três mil dólares, não mais infláveis, de silicone, que são super-higiênicas, e supercheias de recursos e medidas proporcionais. Eu, se fosse homem, juro por Deus, comprava hoje uma bonecona dessas. Comprava e escondia, claro. Eu mesma, sendo mulher, já pensei em encomendar uma loura. Mas só para vesti-la. Colocá-la sentadinha na minha *bergère* de couro. Porque eu sou chique. E mulher, para foder com plástico, precisa ser muito doida. Eu não sou muito doida. Eu sofro o que se conhece como psicose branda. Não fico mandando e-mails para os outros com piadas ou rezas. Não sou o que se costuma chamar de maluca. Acontece que os psicóticos brandos – todos nós? – fazem incríveis merdas quando experimentam a incrível liberdade. Essa liberdade que é somente aquilo que estipulamos como tal. Cada um tem a liberdade que em si anseia. Se você acha que liberdade é fazer cocô na frente do seu marido, ok. É o que você fará de sensacional na vida e vamos em frente. Eu não acho. Sempre vi a liberdade como algo do gênero "posso fazer o que bem entender da minha vida". Outra mentira danada. Ninguém pode. Aí, porém, é que está o segredo. Você alcança a parte que você acredita e dê-se por satisfeito. Então, chegar ao meu topo era tudo o que eu queria. Foi o que eu tentei fazer. Foi até onde deu. Antes que chegasse a força maior e me catapultasse de volta ao chão.

*

Imagina se você me ligasse...

*

Isso foi em janeiro. É, beijamo-nos em janeiro. Entretanto continuamos até quase março como se nada tivesse acontecido.

*

Em fevereiro, Helena teve um ataque e resolveu que ia fazer ioga. Imediatamente, embarcou para Nova York. Para comprar equipamentos. *Yoga-ware* da Nike. *Mouse-pads* de deuses hindus. Uma pirâmide de armar, de tubos de metal, que você entra dentro, fica lá, e reúne a energia para mudar sua vida. Trouxe também lindos presentes para mim, lindos, e, aproveitando o horário de verão, voltamos a nos encontrar quase todos os finais de tarde. Ela sempre pedia para que eu passasse em sua casa antes de voltar para a minha; percurso fatídico que, hoje, sou obrigada a repetir eventualmente e me dói no coração.

Lá, ela me exibia seus progressos na milenar arte. Seus novos asanas e chaturangas. E, principalmente, seu maior orgulho, a sua posição invertida, o chiacrasana, ocidentalmente conhecida como plantar bananeira. Depois bebíamos ou champanhe ou cerveja. Conversávamos sobre a vida e a vida dos outros, sobre os lugares que conhecíamos e que iríamos conhecer, até que nos olhávamos nos olhos e ficávamos com um fogo unindo a gente. Decidíamos sair para comer.

Foi nessa sequência que, uma noite, parei o carro em plena Pacaembu para pedir-lhe um beijo. O segundo. Dessa vez eu não tenho como escapar da responsabilidade. Ela me deu um beijo. Ela jamais me negaria um beijo. Nunca Helena. Helena é generosa. É viciada em querer ser querida. Beijada, parti de novo com o carro e deixei-a em casa. Tive vontade de dizer que eu... E ela disse: eu não sou muito esperta para certas coisas. Sei o que Helena quis dizer e sei o que eu não disse. Não vou contar.

*

VERSÍCULO VIGÉSIMO SEGUNDO

Cristiana diria: estou apaixonada por você. E o que Helena quis dizer – algo que Cristiana acha que entendeu, mas não – é: eu não sei o que faço afetivamente; porque, afetivamente, sou uma ameba; e vou fazê-la sofrer por causa disso.

*

O que eu posso dizer, que é o que me vem à mente agora, e me arrepia o corpo, é: Helena era uma chata. Era não, é. Helena é chata. Chata para caralho. Você liga para essa mulher às três da tarde e ela atende com uma pavorosa voz de catacumba, de quem acordou com o telefone. Consegue soltar um oi, um hã-hã, um tá, olha, eu vou tomar um banho, dar uns telefonemas e depois te ligo. E não liga. Hábito infernalmente desagradável, dizer que vai ligar e não ligar. E a morte em cera quente. Chata desgraçada. Pentelha. Pentelha filha da puta. Sinto o maior alívio de todos em não estar com você. Sinto um imenso prazer em não vê-la. Sinto que há algo que me prende a você, não nego, mas oro toda noite para conseguir soltar-me. Ou soltá-la. Livrar-me de vez de você será extirpar um câncer.

*

A *Playboy* é uma revista legal. Quase nunca compro, mas sempre alguma me surge nas mãos. Esse mês, uma atriz de novela nua pelas ruas de Los Angeles. Péssimo. Ela não precisava daquilo. Mulher-*Playboy* brasileira tem que entender que precisa ter classe. Não pode escancarar a boceta colocando o dedinho mindinho na boca. Mas tem uma entrevista bem boa com a Isabel Allende. Uma escritora latino-americana com cara de escritora latino-americana vendendo às pencas nos Estados Unidos. Minúscula, e tendo livros virando filmes em Hollywood, filmes com a Wynona Rider. Perdeu a filha, vocês sabem. E diz, na entrevista, que, após se despedir de tudo da moça, da sua voz, do seu humor, do seu sorriso, enfim chegou a hora de deixá-la espiritualmente. Conseguindo isso, viu que sobrava só mais uma coisa. Que é o que ela aprendeu na vida. Que a morte traz a sensação de que a única coisa que fica é o amor que a gente dá.

*

VERSÍCULO VIGÉSIMO TERCEIRO

Guido alertou Cristiana. Doando-se tanto assim para o outro, ela sentiria, cedo ou tarde, o peso da irremediável solidão. Só que ele disse isso muitos anos atrás. E não quer repetir. Acredita que a repetição é o que acaba com um casamento. E que não há por que avisá-la de novo; são cinco anos de relação, e ela sabe o que ele acha, em seu silêncio do quase sono, quando não indaga sobre a vida dela. Ela entende o que ele quer dizer quando não diz nada. Mesmo diante da crescente presença de Helena em espaços que deveriam ser dele. Guido conhece bem os humores da esposa, já presenciou vários desses seus rompantes de amizade-para-sempre com pessoas incríveis-para-sempre. Helena seria simplesmente a incrível-para-sempre do momento. E, para ele, não haveria uma atitude a tomar. A vida é de Cristiana e ela é dessa maneira. Suas reviravoltas são sempre de trezentos e sessenta graus. Cristiana não só não muda, como faz tudo igual novamente, num processo que sempre a traz de volta no fim. E a Guido resta ficar assistindo, pois está certo de que já fez o que podia. A única emoção a que se permite é tédio, ensimesmado em tudo de tudo. Cansado de dizer a verdade a todos que não escutam. Ossos do ofício. Pois é o analista de dezenas de Cristianas. Dezenas. E o que ele evita concluir é que, nessa coisa de buscar a verdade, ninguém quer encontrar a do outro. Todos estão brincando de telefone mudo. Concluindo, então, que ele próprio, ao evitar chegar a esta conclusão, também está fugindo da verdade. Sendo isso, portanto, tudo o que a humanidade anda fazendo solta pelas ruas: correndo da verdade. Resultado: em mil celulares, mil mentiras. Em mil cadernos culturais, mil unanimidades. Em mil almoços, mil assuntos. Em mil reuniões, mil bobagens. Em mil palavras, mil simbologias. Todos se cagando de medo. Fechados para balanço. Todos com um medo desgraçado de, virando uma esquina, ou uma página, dar de cara com a verdade alheia. Todos com um medo danado de vibrar amor.

*

Me dá uma razão.

*

Não posso mais roer os nervos enquanto as horas passam e você não aparece. Preciso me poupar. Nem mais pretendo sofrer, depois, quando você sumir de vez. Sofrer por amor é pura vaidade. Vou olhar para retratos meus e, de novo, sentirei orgulho de mim. Fotos minhas antes de você. Quando eu ainda não tinha provado desse seu veneno vicioso. Da saliva que se fez heroína. Do cheiro que se fez lança-perfume. Deveria ter uma tabela antipaixão como a que fizeram para os tabagistas. Marcaríamos um xis nas vezes que pensássemos no outro. Assumindo a nossa fraqueza. Contando as horas em que fôssemos capazes de esquecer. Poucas, no meu caso, já que tudo me lembra você. E de noite as coisas pioram. Mas quero, e posso, vencer esta semana. Sobreviver à abstinência de você por sete dias. Ao éter da mentira, que deixou-nos malucas e cegas. Estávamos correndo descalças entre os destroços da cidade grande. Seremos crianças? Seremos julgadas como adultas. Sendo a culpa toda sua, que acreditou no ar que respirava. No sujo. Na inveja. Perdemos tudo na paisagem desolada dessa cidade. Cidade feia. E, no feio, nos perdemos. Ou me perdi. Sozinha. Para depois ficar aqui, sentada no meio-fio.

Eu? Eu não sou somente boa. Sou uma pessoa muito bonita. Generosa e linda – e quem aguentar, aguentou. Como prêmio, terá meu amor. Saberá da minha verdade. Dará boas gargalhadas. Mas terá que suportar uma boa dose daquilo que sinto. Pois, apesar de tudo ser diversão, nada é simples. Nada é pouco quando o mundo é o meu. No meu mundo, eu não sei onde se encontram aqueles, "os melhores", que bebem bons vinhos e saboreiam trufas. Queria saber se eles sentem, se eles não percebem, vagamente, pode ser vagamente mesmo, uma pontinha de nojo, ou de tristeza, porque vivem intensamente as besteiras dos vinhos e trufas, sem pensar em mim, nem querer estar comigo, nem qualquer outra pessoa que não entenda picas de vinhos e tenha mais o que fazer do que pagar fortunas por lascas de fungo.

*

Por que você me deixou? Por que foi tão fácil?

*

Quem sabe com o que me pareço? Quem sabe o que eu sinto neste momento? Ando tão cansada de viver esses quem sabe – o que importa quem sabe? Estou tentando mostrar para você. Você, para quem eu falo. Quem eu, agora, vejo. Mas nada parece chegar até você. Com quem estou falando? É você mesmo? Então diga: como eu lhe pareço? Como eu pareço agora? Com alguém? Com quantas outras pessoas me é possível parecer? Diga como lhe soa minha presença nesse instante. Para você, como que eu sou, dessa forma? Oh! Pareço-te leve? É? Leve como algodão? Você diz agora, nesse momento? De manhã? Você realmente acha que sou assim? Ohhhhh! Como sou incrível! Você quer me comer? Nossa, quanto desejo. Morrendo por um cigarro. Seca por um drinque. Louca por um convite. Quanto desejo. Você sabe o quanto eu a desejava. Palmas, palmas e mais palmas.

Você conseguiu vencer. E eu vou contar. Quando. Tenho tentado. Quando surgiu essa necessidade interior, esse negócio estranho aqui dentro. Foi quando fechei uma das gavetas, uma das centenas de gavetas, onde tranco minhas frustrações, meus sonhos, meus pavores, minhas qualidades adormecidas. Fechei uma, e todas as outras se abriram de repente. A paixão tem esse poder – invadir cantos que tentamos esconder. E, em meio ao susto de tornar-me transparente, eu desejei escapar. Sem conseguir. Estando aqui. Por enquanto.

É lamentável ter que continuar essa história. Ela, toda, um irritante somatório de desconfortos, traições e enganos. E, com o passar do tempo, sinto-me extremamente tola em tentar ordenar esses acontecimentos. Amava tanto quando comecei, estava tão tão apaixonada. E a paixão abre as tais gavetas em que armazenamos as nossas mais ocultas partes. Fazendo-nos crer que podemos eternizar pequenos talentos em dons maiores, belos vestidos em beleza. Sendo a musa a paixão, o criador, o artista mais sensível, somos nós, qualquer um que, apaixonado, acredita que escreverá a carta mais linda do mundo. Projetos de ilusão, fortes demais para o corpo frágil de fantoche. O boneco velho que tiramos da cômoda, para vestir os mesmos trajes ali também guardados, embolorados, a esperança, o arrebatamento, a certeza, que não é igual àquela de quando dormimos, com o conforto da manhã vindoura; a certeza, nesse caso, são as palpitações em seu coração, a língua encharcada, desesperada para cuspir sua faceta opaca, agora líquida, na boca oposta. E o estalar entre as pernas, no flamejante órgão do meio, e bem mais no meio, atrás da cortina dos vários lábios, inchando, sensível aos pelos, que, molhados, arranham o vermelho mais bonito que já vi. O boneco, meu fantoche, tem a cabeça de homem e o corpo de mulher, imagem juvenil que tenho de mim mesma; esparramada na tela improvisada, na pele branca, na pele branca de Helena, nos olhos de Helena, onde olhei o que queria ver em mim. Onde a crueldade, depois, instalou-se. Pois eles se fecharam quando tentei penetrar além daquele mar de idealizações, de vagas vaidades. Olhos aterrorizados de mostrar suas gavetas. Preferindo espelhar a falsidade a encarar o real. Queriam somente brincar um pouco comigo, como se faz com um *gift*. Como se eu fosse um brinde que se ganha depois de se pagar centenas de dólares pelos cosméticos de uma grife francesa. Você não percebe que pagou pelo batom em miniatura que lhe entregam depois da conta. Você acha que aquele presente é um presente. Você tem tanta carência armazenada que chega em casa e larga tudo o que comprou para mexer no batom miniatura. E borrocar a boca com a cor que eles te deram porque você é legal, porque você merecia. Não, não, minha princesa, você não me merecia, você pagou por mim. Eu também já acreditei em promoções como essa, antes. Inclusive, foi minha princesa, você, quem me elucidou que gente não é batom. Que a pessoa, ali na minha frente, aqui do lado, lá atrás, todas as pessoas do mundo, mundo que guarda nele todos nós, essa pessoa, ali, não é uma coisa. Eu não sou eu. Minha boca vermelha não pode, então, comê-la para guardá-la em mistura a mim, num sonho louco de ser você. Eu achei que, em você, eu seria melhor, mais imprescindível nessa era louca de listas VIPS, malas diretas criativas, camarotes da *Caras*. Mas eu agradeço. Agradeço mesmo, olha: muito obrigada. Eu descobri, em sua maldade, e leviandade, e hipocrisia, descobri, humilhada, que não há nada que valha mais que o espírito. Que meu corpo, que você lambeu, é só um *cocoon* de carne. Que o seu desamor, que você me deu, acabou me catapultando à dimensão da verdadeira eternidade. Tornei-me, nesses últimos meses, de fato, alguém importante. Em minha ausente autoestima, pude ver que sou única. Não para você, nem para meu amado Guido – sou única naquele tal mundo, e nem me pergunte se eu ainda acredito que ele seja azul ou redondo, ou se os outros planetas e galáxias, com seus trilhões de estrelas, e os temíveis rastros de seus cometas, e sua poeira cósmica, se tudo isso não é nada mais que uma linda mentira, invenção de uma megarrede de informações, ou se somos todos ácaros nos cílios de Deus, um que vive como a gente, numa vida de equívocos, nos quais Ele encontra a Sua insignificância. Já que o centro de toda experiência é o nosso. Eu, de verdade, agora, sinto-me única, felizmente única, embora me incomode o fato de todo o universo viver em torno de mim. Você não, você adora isso. Você acredita piamente nisso. Sua burra. Você age tão claramente em concordância com ser o centro de todo o resto, que chamá-la de burra parece somente uma reação retardada à dor. A minha mais profunda dor, que tanto me confundiu nessas intermináveis horas de paixão. Tão burra, como se vê, e todavia não posso chamá-la nem disso nem de nada. Mesmo assim, sem poder me utilizar dos devidos adjetivos, devo retomar este relato. Visto que as minhas palavras, para você, continuam reverberando um ego rejeitado. E eu não posso permitir esse tipo de mal-entendido. Não quero mais lidar com egos. Egos são chatos, caretas e superficiais. Foram dois egos que treparam, não duas mulheres. Dois egos que fizeram juras desajeitadas, não dois corações. E é meu ego que te acha tão burra. Chamando-me de ainda mais burra por tê-lo feito adorá-la. Meu maldito ego. No entanto é ele quem escreve estas páginas.

*

Hoje, 15 de janeiro, ano passado, eu estava com uma ressaca que eu vou te contar. Insisto? Acho que sim. Hoje, no ano passado, foi o dia seguinte ao que nós nos beijamos. Acordei toda destruída. Torturada pela besteira que havia feito. Horas sem sair da cama. Com o corpo coberto pelo lençol branco, jurando que ninguém me veria. Escondida na cabana do índio. Embaixo da saia da minha mãe. E com frio nos pés. Resfriada de nervoso. Ora dormindo um pouquinho, ora dando risadas sem nexo. Um ano, e eu não sinto nada. Insisto? Sim, talvez esteja, de novo, resfriada. Uns dias atrás, até, eu poderia, ainda, pedir para você me salvar deste nada que sinto agora. Mas o tempo... E depois de atravessar o caminho dos apaixonados, tendo passado o cruel de revê-la e, enfim, notar que você não é incrível, ocorre-me uma sensação ridícula, de que eu é que te fiz mal. Poderia mesmo, se você não fosse surda, ligar para pedir desculpas. Acho, contudo, que o melhor é não insistir mais nesse chicletinho. Pensar em você é tão enfadonho que renuncio. Que liberto-a de mim.

*

Mudando o tom, mudando o tom. Não, não melhorei desde então. Apenas aperfeiçoei potencialidades já existentes. Mudando o tom. Sendo mais leve:

Hoje é dia 15 de janeiro. Fiquei com essa data na cabeça porque é aniversário do Jaime Morette, e não posso nunca mais me esquecer disso. Preciso realmente mandar umas flores para ele. Jaime é supersensível a esse respeito, aniversários. Foi colega de Guido na universidade de medicina da USP. E é meio gay. Tanto que Guido acabou por ficar meio constrangido. Não, Guido não é homofóbico, apenas se constrange com um cara, que ele conhece bastante, mas que nem era preciso tanto, bicha daquela maneira, fazendo-se de garanhão. Já eu compreendo a enrustição de Jaime. Coitado, é bonzinho. E me adora. Às vezes deixo até que ele pense que tenho uma quedinha por ele, sabe? É difícil ser uma coisa que se esconde o tempo inteiro. No ano passado, ficou absurdamente aborrecido comigo – era aniversário dele e ele queria passar em minha companhia. Eu não poderia negar. Ele me pegou em casa, trouxe-me umas rosas argentinas lindas. Que eu esqueci dentro do porta-malas do carro dele. Um horror. Mas eu desci afobada e não quis subir de novo para colocar as flores num jarro etcetera e tal. Cogitei ligar pelo celular para Guido, pedindo para ele descer para buscar as flores. Seria, no entanto, uma gafe terrível, já que havia falado para o Jaime que Guido estava numa palestra não sei onde. Bom, resumindo, eu esqueci as rosas no porta-malas dele, também de certa forma por culpa do aniversariante, que encasquetou que iam arrombar o carro para roubar o buquê. Ora, que tipo de ladrão tão estúpido, ou tão adorável, arromba um carro para roubar rosas argentinas? Foi por isso que as colocamos lá atrás, trancadas. E, na volta, eu não me toquei – nem ele, cacete – de pegar a porra das flores. Estava de ressaca, e eu não posso beber de ressaca, porque fico infernal. In-fer-nal. Basta uma gotinha de licor dentro de um bombom que enlouqueço. Como, porém, desmarcar com alguém que escolheu você, dentre todas as outras pessoas do mundo, para passar o aniversário? Vivo nessas sinucas de bico, um saco, parece que atraio esse tipo de situação. E acabo sempre me estrepando. Nesse episódio específico, então, foi um fiasco sem precedentes. Logo no segundo copo de cerveja me abaixou o espírito abre-alas. Fiquei louca, falando barbaridade atrás de barbaridade. E Jaime, tadinho, bicha-bicha, dando em cima de mim. Com um agravante: nessa época do ano, eu confesso, fico muito confusa. Uma coisa do calor ligado à libido, sei lá, ou será o clima de férias escolares. Nem sei se é físico ou psíquico, na verdade. É quando a gente resolve azucrinar a gente mesmo, entende? Sei que lá pelas tantas, perto da meia-noite, achei que tinha que presentear o cara, aí levantei a blusa no meio do restaurante. Foi terrível. Até Guido, que é um sujeito desencucado, ficaria puto comigo. Em minha defesa, acho que eu fiz aquilo só para chamar a atenção de Helena. Estivesse onde ela estivesse, fiz aquilo para ela ver. Já que estava doida para ir-me embora, dormir, acordar e ligar para Helena, contando que levantei a blusa no meio do restaurante, na frente de uma bicha que se faz de macho me azarando; que cheguei a bocejar após o rápido espetáculo, aí terminei meu drinque e pedi a conta. Que Jaime me levou em casa, mas queria que eu fosse para a casa dele, fazendo-se de engraçadinho, e até cantando pneu com o carro. Que eu gargalhei, animadinha. E, na hora de me despedir, disse alguma gracinha sobre seus modos afeminados. Para, em seguida, subir as escadas da entrada do prédio com uma categoria maldosa, que sei que tenho. Que Jaime, dentro do carro, ainda foi elegante em esperar o porteiro vir abrir a porta. Que eu não dei nem tchau. Tracei uma reta e peguei o elevador. Onde me lembrei das rosas. E fiz uma promessa: no ano seguinte, mandaria um arranjo enorme para ele. Com um cartãozinho: "Buuuuuuuuuu! Essas são as rosas fantaaaasmaaaaaas!".

Hoje é o aniversário dele, e vou mandar um buquê simples, sem a piadinha. Não estou lá muito animada. Ontem fez um ano que... bom, ai, não sei se quero definir. Estou bem. Leveza... Estou um pouco atordoada. Leveza... Essa coisa de 2001. Estou há uns quinze anos esperando 2001. E ele está sendo um ano barra-pesada. Estou até bem, considerando o que passei. Não sou mais tão otária, percebo nitidamente o tanto que cresci. Melhorei, não tenho dúvida. Trabalhei as tais potencialidades. E não posso negar que a Helena tem uma participação, até que positiva, nesse processo. Eu de repente até acho que, de alguma forma, fechei um ciclo. Isso. Esse é o tom. Foi tudo uma fase. Uma coisa "we make a beautiful team" que passou. E foi doido, muito doido, porque, no dia seguinte, quando saí com o Jaiminho, ou melhor, mais tarde, quando cheguei em casa, eu senti um troço, uma sensação de tal forma solitária, que percebi que, mais do que confusa, eu estava sofrendo. Vi que minha vida tinha chegado a um estado... Difícil falar sobre esses sentimentos sem me comover... Assim, não sei... Acho que foi um jogo. Um que joguei só para poder perder. Agora, que estou completamente diferente de um ano atrás, com a minha vida do jeito que está, da maneira em que eu me encontro, jamais repetiria aquilo tudo. Nós nos acusamos de tantas coisas ruins. E escutar alguém falar da gente daquele modo, ai, parecia que eu era uma irresponsável, completa irresponsável. Sendo que meu grande erro foi achar que mulher era diferente. Todas nós temos um ponto na vida que pensamos: poxa, se não der certo com esse cara, vou arranjar uma mulher. A hipótese de arranjar uma mulher sempre foi redentora para uma "Miss Coração Solitário" como eu. Aquilo, portanto, era uma etapa inevitável para mim. Era uma fase pela qual eu tinha que passar. Normal. Eu sou uma parede, um quarto, um apartamento, uma mansão, um castelo. Eu sou uma camada embaixo de outra, e no entanto sou também a última pincelada. Sou a derradeira mão de tinta. E Helena era uma redecoração, uma mexida no ambiente. Tsk... A quem engano?... Pedi tanto para ela acreditar no que eu dizia. E, na penúltima vez em que nos vimos, ela falou para eu ligar para ela, quer dizer, ela perguntou por que eu não ligava para as amigas, e eu disse que nós não éramos mais amigas. Que tampouco seria sua amante, nem sua colega, nem *sua funny valentine*. Não. Eu falei: estamos livres uma da outra. Ela sorriu e perguntou se eu tinha saudade dela como interlocutora. Não, eu disse. Não, eu não tenho saudades de você como interlocutora. E ela contou que sonhava comigo todo dia. Depois tentou me beijar. Levantei do sofá na mesma hora e fiquei em pé, falando, falando que ela não acreditava em mim, e que amigos acreditavam uns nos outros, e que por isso nós não éramos mais amigas. Ela também se levantou e segurou meu braço, beijando-me no pescoço. De novo, indagando se eu não sentia falta das nossas conversas. Fiquei tão constrangida que – eu sou assim, não gosto de magoar as pessoas – preferi beijá-la de volta, em seguida olhando bem para a cara dela e – eu sei, sei mesmo, eu fui uma cafajeste – falando: tenho saudades de você como outra coisa. Olha que horror. Aí ela ficou toda esquisita, gaguejando, e eu comecei a berrar na frente dela, que nem uma Angela Ro Ro. Por que você não quis ficar comigo?! Por quê?! Hein?! Por que você conseguiu ficar com tanta gente idiota e não comigo?! E ela disse: porque você é casada. Lógico, fiquei muda. E quando abri a boca foi para chamá-la de filha da puta. Vendo, acima de seus lábios, gotículas de suor se formarem, e nos seus olhos duas sombras profundas, penetráveis mas sem fim, que me deram um medo, um supermedo, um medo de ver a minha imagem nos olhos dela. Ali, eu estaria no fundo de dois poços escuros, dois canais para o inferno. É, ela foi uma vaca. Não poderei negar jamais que errei, mas ela foi uma vaca.

*

VERSÍCULO VIGÉSIMO QUARTO

Ficou com o corpo inteiro gelado. Petrificada. Não era justo escutar aquilo. Não podia acreditar que aquele fosse o verdadeiro motivo. Porque acreditar seria como aceitar-se inutilizada. Seria como se ela, Cristiana, não servisse mais para a humanidade, por ser uma mulher casada. Mas como? Como? Se quando começaram a se amar as coisas já eram desta forma. Helena mente, ela enfim entendia.

*

Ela tinha alguém e queria terminar comigo, só que ela não tinha coragem. Pior, ela já tinha terminado comigo e eu não havia percebido. Ela amava outra pessoa e não queria que eu soubesse. E era uma mulher, eu sabia. E sabia porque ela não suportaria ter um homem penetrando seu corpo, não novamente. Um pau se metendo nela, escarafunchando seu pequeno espaço, a sua mínima cavidade vaginal, não. E agora estou compreendendo tudo – ela me usou. Exercitou-se em mim. Sendo que eu deveria ter notado isso quando enfiei pela primeira vez meu dedo nela. Porque ela é menor. Sua boceta é curta. Internamente curta. E o pai de todos bateu numa carne. O útero, concluí. Só que dedo algum, meu ou dos outros, jamais chegou a encostar em meu útero. Sequer algum pênis, por maior que fosse. Levei um susto com aquela área tão limitada e puxei meu dedo fora, permanecendo no entanto com o rosto ainda ali, socado, enquanto ela se balançava em seu ritmo, cada vez mais espremida na minha boca. Aí novamente enfiei o dedo, um pouco para conseguir respirar e um pouco para poder reconhecer a diferença entre nossos interiores. Na lembrança que tinha, de mim, por dentro, pelo tanto que pude sentir, éramos bem distintas uma da outra. Quis confirmar essa impressão e, enquanto com a mão direita eu entrava nela, com a esquerda eu entrei em mim. Estava, como ela, molhada, só que minha boceta era longa e sem fim, num canal apertado porém desbloqueado. Era também mais macia e aconchegante; projetada para abrigar um pênis, pensei. A de Helena, não. A de Helena tem um obstáculo em seu caminho. Que, se não for o útero, é pior, é um muro, um paredão, um desvio no meio do túnel. E seja o que for deve ser um problema durante um coito. Já que a vagina dela faz um u. Um u minúsculo. Um beco sem saída. Onde eu descobri, surpresa, que bocetas são diferentes. Por que nenhum homem me disse isso?

*

— Helena, você...

— Eu não posso ficar com você, Cris, porque você é casada.

*

VERSÍCULO VIGÉSIMO QUINTO

Achou que estava desmaiando, creio mesmo que iria, mas o celular tocou. Atendeu e se desconcentrou do mal-estar, obrigada a despistar Guido, que indagava coisas banais. E a banalidade, mais do que a traição e as mentiras, fez com que ela se aquecesse. Ficou corada. Disse uma ou duas frases para o marido e foi andando em direção à porta. Não havia mais nada a resolver ali. Não podia mais passar nem um outro minuto ao lado da mulher por quem ainda estava apaixonada, pois sentia-se imunda. E não foi impedida de abrir a porta. Helena simplesmente ficou olhando Cristiana indo embora. Talvez assustada com a vastidão da insensatez nos olhos dela.

*

"Porque foste em minha alma como um amanhecer. Porque foste o que tinha de ser."

*

Mesmo sabendo que ela tinha outra pessoa, eu não sabia. Saber seria de uma simplicidade à qual não estou acostumada. Já que ser simples sempre me pareceu, de várias formas, ser medíocre. Assim, não encontrarão nada do Dalai Lama em mim. E quando estive na casa dela, e ela me disse que sentia falta das nossas conversas, não quis reconhecer a obviedade contida nessa história. Apeguei-me às merdas que nossas cabecinhas produzem quando querem tirar o foco do que realmente deveria importar. Hoje, remoendo o episódio sob novo ângulo de tortura, o que ela disse, que a minha conversa fazia falta a ela, é mais chocante do que quase tudo o que Helena fez. Porque jogava-me na cara que estava às voltas com um novo amor. Alguém sexual. Enquanto eu lhe seria apenas um bom papo, talvez um pouco mais que isso, pior até, eu seria a divertida.

A internacional anima-festa-de-merda. E no fim de semana em que passamos duas noites juntas, lembro bem, eu queria tomar champanhe no bar do hotel e ela queria subir para o quarto. Fiquei puta por achar um desacato à minha inteligência alguém não querer ficar ao meu lado, enquanto minha mente embriagada tecia suas conclusões inabaláveis. Achando que ela queria subir para dormir. Não registrei, vejam só, qualquer malícia. E é por essas e por outras que, apesar de todas as eventuais trepadas, demorei para aceitar o fato de que a nossa relação era, ou deveria ser, libidinosa. As trepadas eram boas, às vezes ótimas; mas eu não estava ali por causa delas. Não me movi nesse relacionamento guiada por um desejo sexual, e talvez por causa disso ainda venha tentando administrar os motivos pelos quais fui deixada. Minha – digamos – imaturidade homossexual transbordava-me em conceitos equivocados, do gênero: mulher gosta de racionalizar a relação. Mulher é muito mais leal. Mulher debate os problemas. Mulher é mais sensível e por isso evita causar mágoas. Tudo balela para boi dormir. Mas eu vivia esse mito – de que para nós, mulheres, mesmo ou principalmente no que diz respeito ao lesbianismo, a coisa era mais cerebral, mais psicológica. E no fim das contas os homens é que estavam certos – eles que não enxergam duas mulheres juntas com esse olhar anêmico-emocional. Que têm arroubos de imaginação doentia ao imaginar duas fêmeas em contato. Visão que, hoje em dia, compartilho; não na questão do arroubo, mas em imaginar o que pode se passar entre um par de vaginas. Hoje, quando eu desconfio que uma mulher talvez seja homossexual, imediatamente olho para as mãos dela. Fancha de carteirinha nunca usa unhas compridas. Acho até que elas gesticulam mais, para mostrar a potência de seus dedos.

Um monte de coisa eu aprendi, é verdade. Antes, achava que os homens eram os representantes da libidinagem na raça humana. Sabia, por relatos minuciosos de amigos gays, que o sexo para eles é uma loucura constante. Sabia que os homens que tive sempre estavam mais dispostos a transar do que eu. Creditava esse fato à condição da pica, essa peculiaridade carnal, esse apêndice hormonal estufado de testosterona, ainda insuflada pela educação machista à qual nossa sociedade se entregou. Juro, não acredito mais em nada disso. Não há, sinceramente, gente que trepe mais do que mulheres. E deve ter sido sempre assim. Não mulher com homem, digo, já que o coito é definitivamente um negócio complicado no trato constante, mas mulher com mulher, e com mulher, e com mulher. Pois é tão fácil. Tão certeiro. Tão mais discreto. Teoricamente, inclusive, mais sadio e higiênico, posto que não há porra. Tem aquele agarra-agarra que as mulheres adoram e os homens nem tanto. Tem os beijos, que sempre abrem alas para o resto. Tem, até, uma certa pureza. Bom, essa parte acho que está dentro de mim. Não sei nas outras. Definitivamente, não em Helena. Helena simplesmente adora sexo. Gosta tanto que nem quer saber de homens. Entende?

Eu queria conversar e, depois dos beijos, todo resto por vezes parecia delicioso, mas aquilo não era exatamente sexo para mim. Tanto que tinha a impressão de que traía Guido na primeira parte, a do champanhe, e não na segunda, a da lambeção. Convicta de minha pureza, mesmo que tudo fosse infernalmente descarado e gostoso, porque, mesmo antes de Helena, nunca listei um *cunnilingus* como trepada. Fazia parte daquele grupo de mulheres, que se remete bem às ideias da estranha década de 1950, não classificando um orgasmo sem coito como sexo. Mais ou menos como uma virgem que dá um cu e continua virgem.

Mas não acho que Helena me desprezou por causa disso. A razão, eu passei a acreditar, é mais simples, e estará ligada ao ato sexual em si – eu era muito passiva. Só me lembro, realmente, de uma vez em que fui mais ousada. E essa lembrança é bem recente, mais uma das tantas que fui buscar com minúcias em busca de um motivo. Quando ela dormia numa tarde fria, toda encapotada, e eu entrei e olhei para ela, sentindo logo em seguida uma consciente necessidade de gozar. Tão pungente e imediata que, diante daquele corpo sem forma, coberto por roupas pesadas, coloquei a mão entre as pernas e me masturbei. Aproveitando as secreções do orgasmo que se aproximava para impressioná-la, já acordada com meus barulhos, pulando em cima dela, e tocando-me forte. Ao mesmo tempo que lutava com aquelas roupas de astronauta para encontrar sua vagina, rapidamente tão molhada quanto a minha. Gozei e abri as pernas dela, sem ainda saber o que queria com aquilo. Enfiei-me então entre suas coxas em posição de homem, esfregando minha púbis contra ela. Em espasmos de um pau inexistente, forcei meu corpo no dela numa frequência levemente acelerada. O pau inexistente penetrando nela e eu o sentindo em mim, como, imagino, um homem sentiria. Um músculo sendo contrariado e tirando disso o seu prazer. Os tendões inchados disputando espaço com muco em expansão. A pele sensível irritando-se com o gentil atrito. E o pau inexistente sendo lubrificado pela doce gosma da paixão, que chega para massagear seu tecido retesado nos firmes movimentos de entra e sai. Entra e sai também inexistente, porém, naqueles momentos, verdadeiro e presente, em mim e nela, já que Helena abria-se cada vez mais. Ergui o resto de meu corpo um pouco, para ajustar o ângulo de entrada desse pênis que não havia. Metendo-o até onde pensava bateria no fundo, num soco oco, para depois recuar no limite de seu comprimento, quase que saindo por inteiro, sem nunca estar dentro. Não sei quanto tempo passamos nesse vai e vem, talvez minutos talvez horas; o que destaco é que suamos o suor de um coito, e gememos, ambas, a dor de uma profunda penetração. Para, enfim, num clichê de êxtase conjunto, contrairmo-nos todas, do pescoço à ponta dos pés, de uma forma quase agressiva e escrevo quase, pois o animal da coisa, assim com o pau, também não existira.

Caí para o lado e ficamos dessa maneira, as duas, abertas e largadas, refrescando-nos de uma energia implícita que, por encanto, materializou-se em carne, como um vampiro de filme, que aparece na hora agá e some quando tentamos entendê-lo. Meu pau inexistente, que existiu lá e agora existe nessas páginas, para constranger meio mundo com sua falta de sutileza. Meu pau temporário, que, como está claro, faz-me escrever como escrevo.

*

Esses sapatões por contingência cultural, essas fanchas GLS uniformizadas. Pervertidas burocráticas, bando de caretas lésbicas. São umas indecentes. Mulheres que disfarçam seus beijos e depois trocam cuspes de boceta. Todas se conhecem, todas treparam com todas, todas sempre bem escondidas. Por que fazem tanta questão de ficar amigas quando terminam seus casos? Hipócritas. Querem é garantir aquela bocetinha para mais tarde. Argh. Mulheres gays são muito piores do que homens heterossexuais. Mais cafajestes, mais preconceituosas, mais sorrateiras. Sendo que só fodem entre elas, como se fossem criar uma raça superior. Quando penso que beijei por tabela meia São Paulo, meio Rio e meio Trancoso, na boca de Helena, tenho regurgitos infantis. Golfo o leite que mamei em minha mãe. O arroto que não dei depois da mamada das cinco. O leite materno coalhado que guardei todos esses anos. Um asco antigo. E podem me acusar de homofóbica. Ninguém será capaz de compreender que eu amei Helena sem notar que ela não era um homem. Não notei nada, aliás, além dela no meio dela. Cega. Fui direto em frente, mesmo tendo esse horror placentário por ela. Mergulhei de cabeça para engasgar-me em seu líquido amniótico. Estava inteira dentro dela, não somente com a cara enfiada entre suas pernas. Eu fui um aborto tardio. E sabe o que vi ali dentro? Uma lama. O caldo de todos os bebês que ela não teve capacidade de manter vivos. Por que alguém afundaria sua cara ali? Porque a lama tem seus atrativos. A lama parece gostosa de se cair. Convida pela textura densa e moldável. Mas não se afunda a cara na lama sem se sentir a temperatura. Antes de enfiar o rosto naquela papa, mete-se primeiro o dedo. Este dedo aqui, está vendo? E o que senti foi um morno. Um morno de sopa requentada.

*

Ele vai estar acordado, eu sei. Com as luzes acesas. Sentado. Ou na poltrona do canto ou na beirada da cama. E vai dizer:

— Onde você estava?

E eu vou passar direto, dizendo:

— Ihhh...

— Liguei a noite toda pro seu celular. Só dava na caixa postal.

— Acabou a bateria.

— Por que você não me ligou?

— Já disse, acabou a bateria.

— Ligasse de um orelhão. Onde você estava?

Eu posso entrar no banheiro. Ele não vai atrás de mim.

— Cristiana!

Eu vou contar até três e aparecer de novo na porta.

— Não berra comigo.

— Eu não estou berrando.

— Está.

— Isso é berrar, por acaso?

— Você não tem motivo pra falar assim comigo.

— Assim como? Ficou maluca?

— Fala direito comigo. Eu não fiz nada.

Ele vai fazer aquela cara dele.

— Tsk.

— O quê?

— Eu sabia.

— O quê?!

— Desde que horas você está bebendo?

— Eu não estou bêbada. Bebi dois uísques.

Não vai colar.

— Eu não estou bêbada. Bebi três uísques, quatro no máximo.

— Você estava na "sapatosfera", não estava?

— São minhas amigas. Você não pode falar assim delas.

Entro de volta no banheiro. Mas agora ele vai atrás de mim. Talvez eu deva entrar, bater a porta e trancar o trinco. Isso, eu vou entrar, bater a porta e trancar o trinco. Ele vai ficar puto.

— Abre essa porta.

— Vou tirar a maquiagem, posso?

— Não, não pode. Abre a porta.

— Não.

Acho que eu não preciso dizer esse “não”. É, vou ficar calada. E abrir a torneira da pia.

— Cristiana!

Ele vai forçar a maçaneta da porta, mas não muito.

— Abre essa merda dessa porta!

Ele pode até dar um murro na porta, não sei. Se der, eu digo:

— Me deixa em paz!

Se ele não der, eu não digo nada.

— Sai daí, eu estou te pedindo.

Eu lavo as mãos e o rosto.

— Sai daí, Cristiana! Ou eu arrombo essa merda!

Não, ele jamais diria isso.

— Sai daí, Cristiana! Por favor!

Se ele falar por favor, eu abro a porta e digo:

— Eu fui jantar. Eu disse pra você que ia jantar. Depois eu fui num lugar novo que abriu. Só isso.

— São cinco e meia da manhã!

Eu me enxugo na toalha.

— Cinco e meia? Já?

Não, não, nada disso. Eu não posso fraquejar.

— E o que que tem?

— Por que você não me avisou que ia chegar tão tarde?

— É ridículo, Guido. Ficar ligando pro maridinho o tempo todo, pedindo permissão pra ficar mais um pouquinho.

Hum, isso é ótimo. Não posso me esquecer.

— Ridículo é ficar enchendo a cara com aquelas fanchas!

Se ele partir para a ignorância, melhor. Eu inverto a situação.

— Me deixa em paz, por favor. Eu estou cansada.

— Ah, você está cansada?!

— Estou.

— E por que não veio pra casa descansar?!

— Eu estava me divertindo. Posso me divertir? Você deixa?

— Que diversão é essa que você tanto quer?! Eu não entendo!

— Você não gosta mais de sair. Eu gosto.

— Ficar até de manhã com umas sapatonas horrorosas, que falam alto, que riem alto...

— Você preferia que eu estivesse com quem? Com uma turma de caminhoneiros, eles comendo a minha bunda?

— Olha como você está. Como que você dirigiu nesse estado?

— Não estou em estado nenhum, eu estou ótima. Estava, até chegar em casa.

— Ah, é?

— É.

Não, ele não vai dizer "ah, é". Ele teve tempo para pensar num monte de coisas para me dizer. Ele já tem o texto pronto.

— Eu tenho pena de você, Cristiana. Juro por Deus, tenho pena. Ficar mendigando migalhas de atenção de uma sapatoninha de quinta categoria. Se igualando àquele séquito que ela mantém. Morrendo de rir com aquelas histórias sem graça que ela conta. Me diz: que tipo de diversão, que você não teve até as três da manhã, que você procura até as cinco e meia?

— Você não entende, você... Você não tem...

Se eu vacilar, eu estou fodida.

— Olha! Não está nem conseguindo falar direito!

Já sei. Eu perco as estribeiras.

— Vai tomar no cu!

— Olha só!

— Olha só o quê, porra?! Você está me acusando! Do que você está me acusando?! O que que eu fiz?!

Não, de jeito nenhum, se eu perguntar "o que que eu fiz" ele vai dizer o que que eu fiz. Talvez eu não perca as estribeiras ainda.

— Você está sendo grosseiro, estúpido e violento.

Ótimo, muito bom. Mas é melhor tirar o "violento", eu posso enrolar a língua. Violllennnto.

— Você está sendo grosseiro e estúpido. Está me agredindo. Você quer que eu vá embora, eu vou. Eu arrumo as minhas coisas e me mando pro Ceasar Park. Mas eu não vou aguentar você falando comigo desse jeito.

Perfeito. Aí me tranco no banheiro de novo, agora batendo a porta com mais força.

— Que tipo de reação você esperava de mim?! Hein?! Você diz que vai sair pra jantar e desaparece até cinco e meia da manhã! Você... Abre essa porta, Cristiana!

— Eu estou fazendo xixi! Posso fazer xixi?!

— Por que você não ligou? Eu só peço isso: me liga.

Ele sempre apela para esse lado paternal. Eu não digo nada.

— Eu fiquei preocupado. Já ia ligar pra hospital, pra polícia...

Eu não digo nada. Ele vai ficar puto de novo, mas é o jeito.

— Custava alguma coisa? A "sapatosfera" não tem celular?

— Eu posso fazer xixi em paz?

— Você não vê, você está se destruindo. Essa mulher... Ela... Ela tem um tipo de vida que... Ela é solteira, ela pode encher a cara toda noite. Ela pode acordar todo dia às duas da tarde. Você é casada. Você não pode... Ela... Você não pode sair toda noite, voltar às cinco e meia da manhã e tudo bem.

Aí, sim, eu abro a porta e perco as estribeiras.

— Chega de falar cinco e meia da manhã! Eu já sei que são cinco e meia da manhã! Quantas vezes mais você vai falar cinco e meia da manhã?!

Se eu fosse ele, eu me acertava um murro na cara. Mas não o Guido.

— Cristiana, eu estou tentando ser razoável, eu nunca reclamo quando você sai, eu até gosto quando você se distrai. Mas as coisas têm um limite.

— E quais são esses limites? Que mais que eu não posso, Guido? Você não quer fazer uma lista? Eu não posso ficar na rua até cinco e meia da manhã, eu não posso beber, eu não posso sair com sapatão, eu não posso tirar a maquiagem, o que mais?

— Aonde você vai?

— Vou sair pra comprar cigarro.

— Hã?!

— Meu cigarro acabou, eu estou com vontade de fumar, eu vou sair pra comprar cigarro.

— Você ficou maluca?!

— Eu estou proibida também de fumar? Não sabia.

— Por favor, para com isso...

— Eu não estou fazendo nada. Eu só vou até o vinte e quatro horas comprar cigarro, posso?

— Não! Claro que não!

— O que que você vai fazer? Vai me impedir? Vai bater em mim?

— Cristiana, eu... Você não vai sair.

— Me larga.

— Você não pode sair. Isso é muito sério.

— Me larga. Está me machucando.

— Você não...

— Me larga!

No terceiro "me larga" eles sempre te largam.

— Eu volto em vinte minutos. Pode dormir.

— Tem cigarro na sua gaveta.

— Não tem.

— Tem. Eu vi. Tem meio maço.

Tem. Eu vou abrir e tem. Que merda.

— Você anda mexendo nas minhas coisas?!

— Eu procurei o seu caderninho. Queria o celular da Helena.

— Você não pode mexer nas minhas coisas! Não pode! São minhas coisas!

Péssima. Vou precisar reagir. Algo mais intenso.

— O que você quer de mim, Guido? Hein? Fala!

— O quê?

— O que você quer de mim? Que eu fique em casa toda noite, você mexendo na internet e eu vendo documentário do People & Arts?

— Não é isso, você sabe que eu não...

— Eu só tenho uma merda de uma amiga! E você não quer que eu saia com ela! O que você quer mais?!

— Eu não quero nada, eu... Aonde você vai?

— Vou pegar fósforo na cozinha. Não posso também?

Bom. Um tempo para reagrupar as forças. Mas eu tenho que voltar quente.

— Primeiro: eu não encho a cara toda noite. Segundo: eu saí com ela na terça porque tinha aquela bosta de vernissage que você disse que não ia de jeito nenhum, e saí na quinta porque sempre saio na quinta, e saí hoje porque não suporto domingo. Terceiro: eu não vou sair nunca mais, vou ficar trancada dentro de casa até apodrecer.

— Cristiana, por favor...

— Não é isso que você quer? Hein? Que eu fique em casa apodrecendo? Você é meu marido, você manda em mim. Você quer que eu fique em casa apodrecendo, eu fico.

— Eu não quero você apodrecendo. Quero você normal, como você sempre foi.

— É? E como é que eu sempre fui? Me explica. Eu não sei.

— Para com isso, Cristiana.

— Agora eu quero saber! Como que eu sempre fui?! Diz!

— Por favor...

— Diz, porra!

— Cristiana, eu não quero brigar. Estou cansado, com sono, passei a noite inteira preocupado com você, e eu ainda tenho que acordar às oito.

— Acorda às oito! Alguém está te impedindo?

— Você podia ter ligado e avisado: Guido, vou chegar tarde.

— Eu não sabia que era tão tarde. Eu não fico olhando pro relógio. Eu estava feliz, batendo papo. Achava que era umas três, três e meia. E também qual a diferença? Três, quatro, cinco? Eu não fiz nada!

Eu não posso repetir esse "eu não fiz nada". Maior bandeira.

— Por que você fica repetindo que não fez nada? Por acaso eu estou te acusando de alguma coisa? Ou é você que está se sentindo culpada?

Eu estava indo bem, é só tirar o "não fiz nada".

— Eu não sabia que era tão tarde. Eu não fico olhando pro relógio. Eu estava feliz, conversando. Achava que eram umas três, três e meia. E também qual a diferença? Três, quatro, cinco? Até que horas eu posso chegar, papai?

Boa. Muito boa.

— Não seja sarcástica.

— Eu não estou sendo sarcástica. Nem sei o que é sarcástica. Eu estou querendo entender a sua lógica. Se eu tivesse ligado às três e quinze e dito "Guido, meu amor, aqui está tão legal, posso ficar mais meia horinha?", estava tudo bem?

— Estava.

— Acontece que eu não sou assim. Eu não vou passar papel de retardada na frente das minhas amigas.

— Ah, as suas amigas maravilhosas.

— É, minhas amigas maravilhosas.

— Elas realmente são muito chiques, muito modernas...

Não vale a pena entrar nesse tipo de discussão. Eu tenho que bancar a superior.

— Vamos dormir? Estou morta de sono.

— Você não tem vergonha de ser vista com essa gente? Imagina o que não devem falar de você.

— Eu estou cagando.

— Você está cagando pra tudo, Cristiana. É esse o seu problema. Você perdeu a noção.

— Eu vou terminar esse cigarro e dormir. Se você quiser ficar aí falando, você fica.

— Você gosta de sair, oquei, você sai, a gente sai, você sempre saiu com a Paula, com a Lu, com a Diana, às vezes chega tarde, oquei também. Mas agora você perdeu a noção das coisas.

— Que noção é essa, Guido? Me diz? Não sei que noção é essa que você está falando. Não sei o que é noção. Me explica.

— Noção? Noção é ter um pouco de cuidado com as pessoas. É não perder o respeito por quem... quem...

— Você tem razão, eu perdi a noção, foi isso. Amanhã

eu procuro e encontro. Agora me deixa terminar meu cigarro em paz, pode ser?

— Você não era assim. Você mudou. O que aconteceu com você?

— Ai, meu Deus...

— Por que essa mulher exerce esse fascínio sobre você? O que que ela dá pra você de tão sensacional? Eu nunca vi você correr atrás de ninguém como corre atrás dela. E ela nem aí, vive furando com você. E você esperando ela ligar, ela arranjar um tempo na agenda, ela voltar de Nova York, ela passar pra te pegar... Eu não entendo. Uma chata, feia, que fala berrando... Uma mulher que vive entrando e saindo de spa, que vive se autodepreciando com piada de gordo...

— Chega, Guido. Amanhã a gente discute.

— Que tipo de papo espetacular ela leva com você? Ela não tem nada a ver com você! Você é bonita, discreta. Ela é aquela... aquela...

— Eu não acredito que você está com ciúmes da Helena. É ridículo.

— Eu não estou com ciúmes de ninguém. Eu estou... Eu estou decepcionado. Ver você assim...

— Assim como? Não estou entendendo.

— Assim, falando de boca mole, olho esbugalhado, babando o cigarro. Se sujeitando aos horários de uma imbecil.

— Você quer que eu vá embora? É isso que você quer?

— Não, é isso que *você* quer. Você chegou já querendo sair de novo. Quer ir dormir na casa dela?

— Pode ser. Pelo menos ela não fica me azucrinando.

— Não, ela é uma *lady*.

— Por que você implica tanto com a Helena? O que que ela te fez? Ela te fez alguma coisa?

— Eu quero que ela se foda. Eu estou falando de você.

— Não, você está falando da minha melhor amiga. A minha única amiga.

— Única porque você não fala mais com as outras, depois que começou a sair com a "sapatosfera".

Eu acho que vou passar mal.

— Chega, Guido. Eu estou passando mal.

— Claro que está passando mal. Bebendo todo o dia.

— Chega. Eu estou te pedindo. Eu estou cansada.

— E eu? Não estou cansado?

— Então, vamos dormir. Eu não quero... Eu não... Eu...

— Ah, não! Chorar não!

— Me deixa em paz!

— Quer saber? Pode chorar. Eu não tenho nada com isso. Eu não estou fazendo nada que qualquer homem normal já não teria feito há muito tempo. Você não está chorando por causa de mim. Pelo menos, não por causa do que eu estou dizendo agora. Existe um outro motivo pra esse choro, que eu não sei qual é.

— Você está falando como se eu fosse uma piranha! Como se eu tivesse um amante, namorasse um surfista, chupasse picas por aí! Eu saí com minhas amigas!

— Sim, você saiu com suas amigas, encheu a cara e chegou de manhã em casa. Exatamente como as pessoas solteiras fazem. Só que você não é solteira. Você tem um marido. Um babaca de um marido que fica preocupado, pensando que você foi sequestrada, que enfiou a cara num poste, que... sei lá!

Eu vou suspirar. Ele vai querer me matar.

— Aonde você quer chegar com isso, Guido?

— Hã?!

— Aonde você quer chegar? Você quer chegar em algum lugar?

— Eu quero saber o que está acontecendo!

— Eu não sei! Está acontecendo alguma coisa?!

Ele vai suspirar. Eu vou querer morrer.

— Até quando isso vai durar, Cristiana? A gente não pode ficar brigando assim. Eu já não sei mais o que fazer.

Eu realmente vou querer morrer.

— Desculpa. Eu devia ter ligado.

Vou ter que olhar nos olhos dele e ver que eles estão cheios d'água. Aí vou querer ter um troço e cair dura, pular pela janela, morder minha língua até jorrar sangue. E vou pegar na mão dele.

— Desculpa.

— Não é uma questão de desculpar ou não desculpar.

Eu não vou pegar na mão dele.

— Não dá mais pra aguentar as coisas do jeito que estão. Não dá.

— Eu já pedi desculpas. O que você quer que eu faça? Que eu me mate?

Ele vai demorar para responder, homens não sabem como agir quando as mulheres falam em se matar. Seria até desleal se antes não fosse a trágica realidade – mulheres cogitam se matar o tempo todo.

— Eu queria que você desse algum sinal de que está entendendo o tamanho desse problema, que não é apenas uma crise de casal, que isso pode destruir o nosso casamento.

Eu não vou conseguir dizer nada. Talvez olhe para o chão.

— Queria que você me dissesse que tudo não passa de uma fase, que é só você chegando aos trinta, que é o canto do uirapuru da sua juventude, que isso passa. Que quando acabar o verão esse fogo de rua acaba junto, que tudo vai voltar ao que era. Era isso o que eu queria.

Ele vai sentar de novo, cansado, coitado. E eu...

— Eu...

Vou hesitar uns momentos. Porque posso dizer a verdade, mas a verdade seria como descarregar uma metralhadora na barriga dele. Posso mentir mais um pouco, mas até de mentiras eu vou estar vazia.

— Eu não faço por querer.

Ele vai sorrir um sorriso de dor. Eu vou apagar o cigarro, como se apagasse na palma da minha mão.

— Não faço por querer, juro.

— Cristiana...

— É que eu sempre fui uma fodida, andando com os fodidos, de ônibus pra lá e pra cá, com dinheiro contado pra tomar uma cerveja. Aí eu me caso com você e... e...

Será mesmo que eu devo discorrer sobre esse tema?

— ... e você me dá um carro importado, dinheiro no banco, roupa cara no armário. E me dá muito mais, me dá liberdade, me deixa sair sozinha com as minhas amigas. Eu... Eu...

Não vai ter mais jeito, é melhor ir em frente.

— ... fico querendo viver uma adolescência que eu não tive, indo nos lugares legais, junto com o grupo das meninas ricas, entende?

Ele entende. Não vai dizer nada, mas ele entende.

— Meu superego tem treze anos. Foi você quem disse.

— Eu sei, Cristiana. Mas e aí?

É bem a cara dele. Depois desse verdadeiro tratado sobre minha adolescência perdida, ele vir com um "e aí?".

— E aí o quê?

— E aí? O que que a gente faz? Vende seu carro, zera a sua conta no banco, destrói as roupas no seu guarda-roupa?

— Eu estou falando sério, Guido.

— Eu também. E eu quero saber qual a solução pra esse problema.

— Eu não sei. Sei lá qual é a solução. Tem solução?

— Tem que ter. A gente não pode continuar assim.

— E se não tiver?

— Se não tiver, sei lá, a gente tem que encontrar uma saída.

— Saída?

— Você sabe do que eu estou falando, Cristiana.

— Não, não sei. Você está me ameaçando?

— Eu?

— É. Você está me dando um "ultimatum" — não é assim que se fala, "ultimatum"?

— Não estou dando ultimato nenhum, eu...

— É ultimato ou "ultimatum"?

— Tanto faz, não interessa, não é isso, não estou ameaçando ninguém.

— Está, sim. Você está me dizendo: ou você muda ou o nosso casamento acabou. Isso pra mim é uma ameaça.

— Não. É uma conclusão. Se você continuar assim, as coisas vão simplesmente desmoronar.

"Coisas desmoronar" não é a cara dele, eu sei, mas ele vai dizer algo que signifique isso, "se deteriorar" talvez, então vamos em frente.

— Você continua me ameaçando e dizendo que não é ameaça. Eu não sei me comportar diante de ameaças.

Não sei mesmo. Mas também não sei se devíamos chegar a esse ponto, ou se eu devo me jogar nos braços dele quando ele disser que fica com medo de eu ter acertado a cara num poste.

— Por que você é assim, Cristiana? Me explica. Sabe o que você está conseguindo? Tornar essa conversa ainda mais difícil. O que você quer que eu faça? Que eu ache normal você chegar bêbada três vezes por semana, que entenda que isso são traumas da sua adolescência, que eu traga um Engov pra você tomar?

— Guido, você não...

O que se diz numa hora dessas? Quais palavras vão conseguir escapar a essa areia movediça? Existe ainda algo a ser dito quando amar vira de novo puro verbo? A quantas conversas francas resiste um relacionamento?

— Se você acha que nós realmente podemos continuar como se isso fosse normal, você é muito mais maluca do que eu pensava.

— A quantas conversas francas resiste um relacionamento?

— Hum?

— Uma coisa que eu pensei. A quantas conversas francas resiste um relacionamento?

— Isso é algum tipo de piada?

— Não. Eu queria saber. Se existe alguma estatística. Tipo: "um relacionamento resiste em média a dezesseis vírgula quatro conversas francas". Deve existir. Americano adora essas coisas.

— Nós estamos tendo uma conversa franca?

— Hã?

— Isso, que nós estamos tendo agora. É uma conversa franca?

— Por quê? Você está desconfiando de mim?

— Não, eu só quero saber se você está sendo totalmente franca.

— Então você está desconfiando de mim.

— Oquei, Cristiana. Sendo superfranco. Estou desconfiando de você, sim. Estou desconfiando que você não está mais interessada em mim ou no que eu sinto. Que amanhã você nem vai se lembrar dessa conversa. Que você vai agir normalmente, até depois de amanhã, ou depois depois de amanhã, quando você sair pra ir num lançamento de livro e voltar às quatro da manhã, falando torto.

Bem-feito para mim, falar de franqueza.

— Eu não sei o que te responder, Guido. Não sei. Estou com a cabeça estourando de dor, com vontade de vomitar... Estarei. Acho que até já estou. Com certeza estarei.

— Pode ir vomitar. Eu espero.

Posso ir vomitar, se for o caso. Ele espera. Vomitando ou não, a conversa não vai deixar aquele ponto.

— Guido, eu sei que eu tenho agido estranhamente, que eu estou esquisita, que...

— Você não está esquisita, Cristiana. Você está apaixonada.

— Pelo amor de Deus, Guido. Olha o que você está falando.

— Não é você mesma que diz? Que todas as suas relações são com paixão?

— E é verdade.

— É o que eu estou dizendo.

— Não é isso que você está dizendo.

— É. Você está apaixonada por essa nova amiguinha e perdeu a noção. Você não liga mais pra nada.

— Se é isso que você está dizendo, eu concordo em parte. Sim, eu talvez esteja vivendo um momento de empolgação exagerada com uma nova amizade. Mas dizer que eu não ligo mais pra nada...

— Cristiana, você largou a natação porque não conseguia mais acordar cedo. Você não procura mais nenhuma revista pra fazer seus freelancers. O tal cara da Editora Abril ligou pra você e você não ligou de volta. Suas outras amigas te ligam e você não liga de volta. Teus irmãos te procuram e você não liga de volta. Você abandonou esse planeta. Você despirocou.

— Despiroquei?

— Despirocou.

— Despirocar é o quê? Não ter mais contato com pirocas?

— Tsk...

— O quê?

— Eu odeio você quando você faz isso.

— É? E eu odeio você quando você come com colher ou tira casca de pipoca da goela com o dedo do foda-se.

— Cristiana...

— Eu não sei o que é despirocar. Você me explica?

— Você não sabe o que é despirocar?

— Não.

— Ou você está sendo irônica, e eu acho que essa não é a hora, ou você está sendo sonsa, e isso não é do seu feitio, ou eu acabo de descobrir que você é burra.

— Eu sou burra. Eu não sei o que é despirocar.

— Você pirou, enlouqueceu, você se descontrolou. Entendeu agora?

— Agora entendi.

A desvantagem de usar a ironia é que não dá para recuar imediatamente, mesmo você percebendo que foi um erro. Você tem que ficar pelo menos mais uns dois minutos mantendo o tom irônico. A vantagem é que é uma das poucas opções que você tem para se mostrar seguro diante de uma confrontação.

— Entendeu?

— Já disse que entendi. Eu apenas não estava familiarizada com esse termo técnico.

— O fato de você estar usando esse tonzinho na sua voz só me comprova que você despirocou realmente.

— Sei.

— Acho até que devia voltar a fazer análise.

— Ah, você acha? E essa é a sua opinião profissional ou é uma opinião de marido imbecil?

— Opinião de marido imbecil. Você devia voltar a ver a Tatiana, duas vezes por semana, sei lá, uma vez só, mas devia. Isso, claro, se alguma coisa ainda importa pra você além da Helena.

— É muito fácil pra você, não é, Guido? Você fala bem, você é bem articulado, você sabe como acabar com as pessoas. Você não tem traumas, você entende as nuances da psique.

— Quanta besteira...

— Besteira o seu cu! Você pensa que pode dizer o que quiser pra mim?!

— Penso.

— Mas não pode! Eu sou uma borderline, lembra? Eu posso pegar uma faca e enfiar no teu peito! Posso correr até a varanda e me jogar! Posso colocar fogo no colchão!

Bom, nessa altura do campeonato, eu posso tudo. Estarei confusa, não adianta planejar muito. O importante será manter alguma coerência.

— Pode transar com uma mulher.

— Posso. Se eu quisesse, eu podia. Não é o caso.

— Não é? Tem certeza? Você não vive dizendo que toda mulher é bissexual?

É, ele vai lançar essa, tenho certeza. A sorte é que eu ainda vou estar dentro dos meus dois minutos de ironia.

— Você tem que fazer que nem nos filmes americanos, Guido. Antes de alguém falar com você, você tem que avisar: “tudo que você disser poderá ser usado contra você”.

— Mas você não diz?

— O quê?

— Que toda mulher é bissexual?

Um pouco difícil pensar em argumentos contra essa afirmação na situação em que me encontro agora, mas...

— Primeiro, se eu quisesse transar com uma mulher, eu ligava pra Jodie Foster. Segundo, não existe a menor possibilidade de eu encostar um dedo na Helena com intenções sexuais.

Calma. Não é uma mentira completa. Mesmo nesse momento, fazendo o que estou fazendo, não percebo intenções sexuais em mim.

— Terceiro: se você acha de verdade que eu estou tendo um caso com a Helena, você é quem despirocou.

Isso. Terminados os minutos de ironia, eu parto para o ataque.

— Eu não acho que você está tendo um caso com a Helena. Se eu achasse isso, você ia chegar em casa e não ia me encontrar.

— Você acha o quê, então?

— Acho que ela quer te comer. Acho não, tenho convicção. Se você não percebeu isso, você é muito ingênua.

— Você tem que se decidir: eu sou ingênua ou despirocada?

Não, voltar à ironia, não. Melhor dar apenas um sorrisinho sem sentido e deixar ele falar. Dar corda para ele se enforcar.

— Essa paixão pode ser desprovida de malícia pra você, eu não duvido, só que a Helena pode não estar entendendo assim. Ela pode estar achando que vai rolar alguma coisa. Ela pode estar esperando o momento certo, o quinto uísque, o baseado no fim da noite, a lua cheia, sei lá. Pode até estar dizendo pra todo mundo que vocês têm um caso.

— É isso que preocupa você, não é? O que as pessoas pensam.

— Eu sou um psicanalista, Cristiana. As pessoas me consultam e pagam caro pela minha assessoria porque acreditam que eu sou uma pessoa equilibrada, que sabe aplicar a teoria na prática. Se a minha mulher está tendo um caso com um sapatão, como que eu vou poder dar palpite na vida dos outros? Como que eu vou poder falar pra um paciente: "olha, essa sua relação não está legal, converse com o seu parceiro, se entenda com ele, resolva as tensões sexuais com ele..."?

— Guido, pela última vez: eu não estou tendo caso nenhum, com sapatão nenhum. Isso é delírio da sua mente. Eu sempre fui assim, apaixonada pelas minhas amigas, você sabe. Mulher é assim, você não sabe porque é freudiano demais, e Freud não entendia picas de mulher. As mulheres têm um negócio chamado "melhor amiga" que é quase como um casamento. É tão parecido com um casamento que não tem sexo. Melhores amigas vivem grudadas. Melhores amigas ficam nuas na frente uma da outra, e nenhuma das duas fica olhando pra xoxota da outra, pensando "hum, que xoxotinha deliciosa, preciso comer". Isso é fantasia dos homens. Melhores amigas se beijam, se abraçam, sem que isso signifique nada além de afeto, de amizade. Eu estou me excedendo um pouco nos horários? Sim. Eu estou bebendo mais do que devia? Sim. Eu estou deslumbrada com uma amiga nova? Sim. Eu estou tendo um caso com ela? Não. Se você quiser acreditar, acredite. Se não quiser, não acredite. Eu não tenho como provar pra você o que eu estou dizendo. Por que você não coloca um detetive atrás da gente? É uma ideia. Por que você não grampeia o nosso telefone, não grava as minhas conversas? Eu já te expliquei o que está acontecendo e você não quer entender. Eu não sei mais o que fazer.

A-rra-sei.

— Se fosse a situação inversa, como você reagiria?

— Hã?

— Se eu chegasse em casa de madrugada, bêbado...

— Eu não estou bêbada.

— Oquei, se eu chegasse em casa de madrugada, dia sim dia não, depois de tomar uns drinques com os meus amigos, melhor, depois de tomar uns drinques com uma amiga minha, uma superamiga, tão amiga que a gente até viajasse junto de vez em quando, e eu...

— Chega, Guido.

— Não. Eu quero saber qual seria a sua reação.

— Eu ia achar muito estranho, porque você não tem amigas, nem nunca teve.

— Mas e se eu tivesse?

— Essa discussão não tem sentido. A gente não está chegando a lugar nenhum.

— Eu quero encurtar a discussão. Quero inverter os papéis.

— Ah, você quer encurtar a discussão? Então é simples. Se você acha que eu fiz algo imperdoável, pronto, você me expulsa de casa, ou nem precisa me expulsar, eu vou embora, está tudo acabado. Se o que eu fiz não é imperdoável, então você me perdoa, e pronto também, acabou a discussão. Eu fiz algo imperdoável?

— Cristiana, eu não...

— Fiz ou não fiz? Responde.

— Não. O que você fez hoje, ou vem fazendo nos últimos tempos, não é algo imperdoável. Não é. Tanto que eu estou aqui, conversando com você, calmamente, tentando evitar que o nosso relacionamento chegue numa... numa...

Tem uma expressão que ele adora. Qual é mesmo? Ah!

— ... chegue num beco sem saída.

— Então você me perdoa?

— Não é simples assim, Cristiana.

— É sim. Eu fiz uma coisa que emputeceu você, que deixou você preocupado, que torturou você, mas você mesmo está dizendo que não é uma coisa imperdoável. Você me perdoa ou não?

— Não é uma questão de perdão, é...

— Então você não me perdoa.

— Não é isso que eu estou dizendo.

— O que você está dizendo, então? É difícil ser casada com um analista. Vocês não conseguem dizer as coisas diretamente. Vocês têm sempre uma maneira mais complicada de dizer as coisas fáceis.

— Você acha fácil?

— O quê?

— Você disse que eu tenho uma coisa fácil pra dizer. Você acha fácil?

— Eu não sei o que você quer dizer. Nem sei se você tem alguma coisa pra dizer. Eu estou cansada. Eu bebi, nós estamos brigando tem quase uma hora, eu estou passando mal, e você quer discutir a nossa relação. Eu não tenho condições de discutir relação nenhuma nesse momento. Eu estou um trapo, quero dormir. Vamos dormir. Você não tem que acordar às oito? Então. Amanhã a gente continua.

Eu digo isso e começo a tirar a roupa, já indo em direção ao meu armário. Ele tem três alternativas. Uma é suspirar, ficar quieto e dormir puto. Outra é sair do quarto e sumir pela casa, também puto, só olhando para minha cara de novo amanhã de noite. A terceira:

— Eu não vou conseguir dormir. A gente tem que resolver isso. Não dá mais. Você acha que eu gosto de ficar raivoso assim? Eu tenho pressão alta, posso ter um treco e cair duro no chão.

Eu continuo tirando a minha roupa, sem falar nada – não posso encarar o Guido com uma calcinha do jeito que está, toda melecada. Mesmo que seque até lá, vai ser um melecado seco. Vou ficar quieta, talvez apressando a colocação da camisola. De camisola, sim, eu tiro a calcinha e jogo no fundo do armário.

— Eu quero, no mínimo, um compromisso de sua parte. Uma garantia. De que você vai tentar trabalhar essa questão.

Não sei se ele vai conseguir falar em trabalhar a questão depois desse barraco todo. Mas ele adora dizer isso. Homens adoram dizer isso. Imagino que eles achem que só a menção do verbo trabalhar já é suficiente para abalar as estruturas das mulheres. E tem também essa coisa da "questão", da "grande questão", essa coisa de filósofo alemão, que é para deixar claro que eles, homens, estão apenas preocupados em saber qual é o problema e resolver logo. Enquanto nós, mulheres, somos umas malucas, que embolam os pensamentos e confundem tudo. Claro, há um tiquinho de verdade nisso, talvez até mais que um tiquinho, mas essa não é a questão. A questão é que eles usam a nossa instabilidade natural para nos diminuir, mas é essa instabilidade que faz essa merda desse mundo andar para frente. Se não fossem as malucas das mulheres, a humanidade estaria reduzida a um bando de trogloditas preguiçosos discutindo futebol o dia inteiro.

— Homens adoram essa coisa de "trabalhar a questão". Vocês acham que só a menção do verbo trabalhar é suficiente para abalar as estruturas das mulheres. E tem também essa coisa da "grande questão", essa coisa de filósofo alemão, que é pra deixar claro que vocês, homens, estão simplesmente preocupados em saber qual é o problema pra resolver logo. Enquanto nós, mulheres, somos umas malucas, que embolam os pensamentos e confundem tudo.

Estarei, então, já só de camisola, entrando debaixo do lençol.

— Tudo que eu quero é um compromisso. Um compromisso de amor.

Ih, se ele falar amor eu não vou poder simplesmente apagar o abajur e dormir. Vou ter que responder de algum modo. E difícil falar amor no meio de uma briga e, se ele falar, é porque a coisa está doendo de verdade nele. É, eu sou uma grande filha da puta.

— Eu já te pedi desculpas. Vamos dormir.

Cacete, o cara fala amor e eu, vamos dormir. Grandissíssima filha da puta.

— É isso, então? Você vai dormir?

Meu Deus, essa mulher não vai gozar nunca? Que coisa! Será que preciso aumentar o ritmo?

— Eu estou morta, Guido. Não consigo mais raciocinar.

— Eu não quero um raciocínio. Quero um pouco de... de...

Anda, vamos lá, meu dedo está ficando dormente.

— ... de ternura, de...

Isso. Vai. Vai, vai.

— ... de afeto, de carinho...

Vai! Vai!

— ... de...

Ai, até que enfim. Pô.

*

Mas eu adorei.

*

VERSÍCULO VIGÉSIMO SEXTO

Uma mistura de desfaçatez velada e desculpas esfarrapadas dá início ao desfacelamento de Cristiana, que passa cada vez mais a esconder seu mal-estar, de Guido, bebendo. Mas as manobras de seu desencanto são por demais claras para ele. O que permite a ele aturar tais circunstâncias é o amor que sempre sentiu e sentirá por ela e suas idiossincrasias. Só que viver assim é servir ao que não presta.

*

É, fazer sexo com outra mulher não é mau. Nada mau. E é canalhice ficar falando sobre essas coisas, eu sei, ainda que alguém tivesse me perguntado, e ninguém me perguntou. Mas eu digo assim mesmo: não é mau. Sendo quase terrível, para mim, afirmar isso, não posso negar, é bom. Foi assim que os acontecimentos se consumaram. Embora não venha conseguindo imprimir o mínimo grau de lógica nessa narrativa, principalmente nos detalhes dela, inclusive os que considero importantes, como se algo foi bom ou foi ruim, posso confirmar: é bom. E, desculpa, em sexo a questão se resume cafajesticamente na resposta a uma única pergunta: foi bom ou não foi? Peço desculpas porque sei que há muitos pudores intelectuais com relação a clichês como este. A este, em especial. Existe, porém, coisa mais clichê do que sexo? Não conheço. São as mesmas caras, os mesmos respiros, os mesmos lugares, os mesmos efeitos. Sexo é a mediocridade por definição, pois qualquer um o faz, e igualzinho, desde o mais brilhante gênio ao mais estúpido ignorante. Somos, portanto, todos medíocres quando trepamos – nada será feito que alguém já não fez antes, nada vai acontecer que já não se repetirá um milhão de vezes. Estamos, então, presos à mediocridade pelo resto da vida. A lamentável mediocridade, que se aproveita desses momentos considerados fundamentais – o ato sexual, a cerimônia de casamento, o nascimento de bebês, a morte – para se apossar de nós. Porque estes são os eventos massacrados pela ideologia do igual, do se sentir igual, da repetição ancestral chamada de tradição. Fica todo mundo nervoso e feliz no dia do casamento, fica todo mundo otário e feliz quando nasce um nenê, fica todo mundo vago e triste quando morre um ente querido. Fica todo mundo ridiculamente igual quando está apaixonado – que é o único motivo para se envolver num ato sexual, a menos que você o faça por dinheiro. A paixão – concluindo – impregna-se do comum como um papel jogado na água. Sou capaz de um chute: setenta e cinco por cento das pessoas mandaram uma letra de música para quem se achavam apaixonadas. E oitenta por cento juraram que jamais sentiram algo parecido na vida. E noventa por cento agiram impensadamente deixando recados tolos em secretárias eletrônicas. E noventa e nove por cento quiseram morrer quando o telefone não tocou. Sendo assim, para que pudores? Eu digo claramente: foi bom para mim. Alguém ainda duvida? Poderá ser designado como bom o que tem a textura metafórica de uma esponja ensebada? O que tem o sabor metafórico das ostras? O que tem cabelos pixains por toda e qualquer parte? O que nos exige tanto dos músculos, desde o pescoço até a língua, para que mantenhamos a cadência correta? Ocasião difícil como essa, na qual se luta pelo fôlego e se mergulha em mucosas, pode ser agradável? Bom, quando vi um pau pela primeira vez não foi precisamente maravilhoso. Quando vi a Perla pela primeira vez não foi precisamente maravilhoso. Poderei eu, entretanto, comparar pau e Perla com boceta? Haverá coisas mais distintas do que pau, Perla e boceta? Pois eu digo que os três me são idênticos, quando o assunto é mudar de opinião. Hoje, gosto de pau e Perla. Hoje, gosto de boceta. E que me crucifiquem. Que me amordacem. Que cuspam em mim. Que taquem ovos podres em mim. Transformei-me em Geni por haver gostado. Sou, nesse instante, uma devassa. Porque, se me sobrasse alguma dignidade, algum orgulho, eu não chuparia novamente a sósia de um molusco. O que restava a mim, para ser menos desprezível, menos nociva, menos nojenta, era não ter gostado. Mas eu adorei. Adorei.

*

VERSÍCULO VIGÉSIMO SÉTIMO

Nenhum personagem é estático. No teatro do mundo, todos têm seus figurinos de papel crepom. Fantasias que se rasgam e se desfazem ao serem retiradas do corpo. Guido, por exemplo, já foi a farinha de um bolo da Dona Benta, já foi o sol da história do sapo cururu na beira do rio, já foi Noé na arca, já foi o negro com um pau de vinte e cinco centímetros, já foi Bart Simpson. Interpretando para ele, para Cristiana, para seus pacientes, Guido é – como todo o resto – qualquer um que basta inventar. Quantas vezes acredita-se ser boa ou má uma pessoa? Quantas vezes acredita-se amar e odiar? Ou odiar e amar. Ou amar mais e amar menos. Ou odiar totalmente. Sim, os relacionamentos são assim, não há sequência equacionável nem provável. Por isso – é bom deixar claro – Guido manteve-se tão calmo diante do fato de sua esposa estar apaixonada. Calmo a ponto de tirar um mês de férias. Decisão que vinha contornando há anos. Tirava uma semana, viajava nessa semana e pronto. Mas agora era um mês inteiro, e em casa. Subitamente, o que ele queria era ficar em casa. Disse para Cristiana que queria descansar. Ler. Mexer em suas ferramentas. Cristiana achou estranho, já que ele não tem ferramentas. As ferramentas são dela. E ela estremeceu ao imaginar Guido passando uma flanela nas suas chaves de fenda, lubrificando as juntas dos seus alicates. Lixando a lâmina da sua serra. Colando novos decalques na maleta da sua furadeira de alto impacto. E, imaginando, em um arrepio gelado, que lhe subiu pelo miolo do corpo, Cristiana golfou.

*

E a *Playboy*, convenhamos, é uma entidade que faz de putas funcionárias públicas. Elas aparecem lá uma vez, batem recordes, seis meses depois estão lá elas de novo. E, havendo imbecis para comprar as revistas, voltarão outras vezes. Putas que batem ponto. Mudando o cu de Bali para o sul da França. Inaugurando peitos. Arreganhando-se um pouco mais a cada vez. Mostrando um pouco mais ali dentro. Repartição federal das putas, é o que a *Playboy* é.

*

VERSÍCULO VIGÉSIMO OITAVO

Com Guido em casa, queria ainda mais Helena. Aguardando os encontros de fim de tarde como a diversão das diversões. Como se olhares fizessem de fato mesas levitarem.

E Cristiana jurando que nunca havia existido com tal nível de malícia. Malícia que é igual em todos, estando igual em todos. E todos acham que aquilo, essa coisa que sentem, nunca, mas nunca mesmo, como pode ser aquilo? Todos tomados pelo mesmo desejo, de gosmas, de gosmas que se misturam com gosmas, que enfim são as mesmas gosmas. Porque homens e mulheres e porcos e cachorros e vacas sabem, precisamente, o que são gosmas.

*

Eu queria alugar uma kombi com alto-falante e sair pela rua falando. Queria uma daquelas, dos homens que vendem melancias e pamonhas. Esses desgraçados reis da chatice, poluindo o nosso ambiente com seu falar monocórdio. Pois eu pegaria uma kombi dessas, colocaria algumas músicas boas no alto-falante e diria de vez em quando: "qualidade, qualidade, qualidade".

*

Sou totalmente contra essa gente que berra vendendo coisas em kombis.

*

Sou contra quem compra essas coisas.

*

Não tem sentido, pensa bem. A pessoa está em casa, ouve um "laranjas fresquinhas" e sai correndo para comprar.

*

Guido, uma vez, disse que, se vendessem maconha de kombi, eu entenderia quem compra pamonha. Que consegue me ver de pantufas e camisola, esbaforida, sacudindo uma nota de dez no meio da rua.

*

VERSÍCULO VIGÉSIMO NONO

Ela tem tentado. Tem. Sempre tentou. Tentar é o verbo de arranque para Cristiana. Acorda com um sonoro "tentando!" nos ouvidos. A ordem de um sargento. Que, em seguida, sussurra: "você sabe, não há começo nem fim, há mudança". Aí ela levanta e tenta. Tenta ser ela e não aquela outra, a distraída comendo uvas, ou aquela mais adiante, que está sofrendo, e tem ainda aquela que ela odeia, por conseguir ser amada, e em todas elas existe apenas a Cristiana de todas as maneiras possíveis. Se ela pudesse entender, se pudesse se concentrar, se fosse capaz de romper os muros de luz, se conseguisse passear entre suas infinitas possibilidades. Mas ela tenta. E de maneira tão apaixonada que fracassa nos limites de si mesma. Se ela vencesse essa parede, saberíamos se está ou não cabendo em sua atual realidade. Saberíamos onde ela, enfim, quer, ou necessita, ou sonha, estar.

*

Culpei os ambulantes para conseguir fugir de Guido. Solução patética, mas para uma cabecinha encharcada de ideias juvenis, como a paixão, nada era mais natural do que sair de casa. E não é me desculpando que digo: na época achei necessário alugar um apartamento para trabalhar. Estar apaixonado estimula a sensação de que somos geniais. Cheguei a achar que podia até escrever um romance. Deixaria de ser uma freelancer de renome – mais por minha condição social que por talento necessário à boa informação –, tornando-me uma artista de renome. Helena me amaria para a eternidade, se eu fosse uma escritora, não tinha dúvida. E Guido entenderia minha infidelidade como um imperativo criativo. Se eu concluísse um livro, superior que é, ele acharia válida toda essa minha imoralidade. Então aproveitei que ele estava de férias para convencê-lo. E acho que, bem provavelmente, essa foi a parte mais podre da história.

*

VERSÍCULO TRIGÉSIMO

O cheiro das pessoas vem do trabalho que elas exercem.

*

Quando fingi que ele tinha razão, não pedindo desculpas, mas trepando com ele. Produzindo um remake da antiga volúpia, aquela, a do início de nosso casamento. Seduzindo-o, interpretei diante dos olhos ausentes de Helena uma peça irresistível só para ela ver. Onde um homem e uma mulher vibram os seus chacras inferiores do café da manhã ao último drinque, e depois aquele cigarrinho que fode com o dia seguinte; mas aí você acorda e toma um champanhe, tudo porque éramos animais em fase de cópula, e acordávamos brindando nossas taças a um programa na televisão, uma nada excitante reapresentação do show do Nirvana, que por si geraria gargalhadas e humores e beijos e sexo. Muito bom. Só que aquilo não me converteu em nada, nem em mártir, nem em justa, nem em arrependida. Toda vez que gozei com Guido, naqueles dias de estratégia de guerra, eu mandava meu *gap,* todo meu êxtase, para buscar os sentidos de Helena. Não sei de onde tirei essa ideia, mágica, que, no gozo, meu pensamento chegava a ela. Tolices da sandice. Nunca fantasiei com outras pessoas, em ser outra pessoa, estar com um quando com outro, animal ou planta. Sempre transei com quem transava. E mesmo ali eu estava com Guido, só com Guido; era o pênis dele o foco da minha imaginação. Era aquele atrito, dele comigo, que me triplicava o ato, na tela da minha mente. Era o pênis de meu marido entrando e saindo de minha vagina. Pica e boceta, dupla dinâmica. Mas quando meu abdômen se enrijecia todo, à espera da sensação mais esquisita do mundo, era para ela a minha energia. Achava que, dessa forma, com tal intensidade de força e poder, eu atravessaria as paredes quânticas que diferem o meu espaço do dela. E a gente poderia ficar juntas. Filha da puta, como eu a amava naqueles segundos. Imaginava como seria perfeito estar com ela o dia inteiro, um dia inteiro e mais outros milhares deles, apenas com ela. Entre os cremes dela. As maquiagens dela. Suas meinhas brancas. Meias de farmácia nova-iorquina. Todo dia, o dia todo, coladas. Conversando com ela, enquanto o vento quente do secador portátil secasse seus cabelos. Sonhos de oito espasmos, mas como eu sonhei. E, também, puta que o pariu oito vezes. Porra! Caralho! Boceta! Cu! Não dava para enxergar Guido em meio a tantos delírios. Assim perdendo esse homem de vista, ainda o amando. "Se tratava de amore e non sai quanto." Meu coração de merda não aprendeu que amor não dá para ser exclusivo de ninguém, para ninguém. Acho que foi porque não me ensinaram a ser livre. Se pudesse ser livre, que fosse por um meio instante, veria tudo, veria que amor pode se dar para muitos, que dar amor não é sujeira. Não me ensinaram e, para mim, aquilo tudo não fez sentido. Quem, porém, ensina algo para alguém? Só a arte ensina alguma coisa. Mas o cego, aquele que até enxerga com os olhos, mas não registra o simples em seu cérebro, não sabe viver livre. E, pensando bem, é ele, o relações públicas do mundo, o assessor do dito Deus, o que barra na porta das boates, o que distribui os convites VIPS, os crachás plastificados, os postites, é ele quem impede o Homem de conhecer a liberdade. Somos uns macacos que sabem rir. Só não subimos nas árvores porque achamos ridículo. Nossas bananas vêm carameladas ou flambadas em licor. Somos, todos, esses seres primitivos, que preferem um buraco de carne a um amor profundo. Que tratam amor como um carinho na cabeça. Que não sabem como agir porque não foram adestrados.

Sem entender nada sobre o amor, esqueci de Guido, dando para ele. No dia em que ele concordou que eu alugasse um lugar, deve ter sido o dia em que engravidei.

*

VERSÍCULO TRIGÉSIMO PRIMEIRO

Querendo saber como vão os espermatozoides até o óvulo, basta olhar para uma janela de vidro num dia de chuva. Veja qual gota chega primeiro ao batente.

*

VERSÍCULO TRIGÉSIMO SEGUNDO

Não existe acaso numa fecundação. Um milhão de fatores equacionam o resultado. Um milhão de obstáculos fazem a beleza da raridade. Um milhão de motivos clamam por uma germinação. Então a gota tem que ser a simplesmente perfeita. Anatômica e arisca. Instintiva e maliciosa.

*

VERSÍCULO TRIGÉSIMO TERCEIRO

A maioria massacrante dos espermatozoides é burra, muito burra, no entanto. Junte-se a essa deficiência inata o detalhe de que ovular é um fenômeno breve e egoísta. Considerando, então, otimisticamente, que todas as demais impossibilidades estatísticas estejam contornadas, um casal saudável tem trinta por cento de chances de engravidar ao copular. E trinta por cento não é exatamente um jogo ganho. Com o agravante de que vencer, nesse caso, nem sempre é um prêmio. Pois bem, leve em conta isso tudo, some, divida, faça a prova dos nove. Em seguida, pense por mais um instante: é essa improvável sincronicidade de fatos que garante a autenticidade de cada ser humano. Mais um pouquinho: essa aritmética grega, essa fórmula mágica, caso não vingue, é uma senha esquecida. Mais um pouco ainda, por favor: essa incrível equipe vencedora, óvulo e espermatozoide, nunca mais entrará em uma corrida de novo.

*

VERSÍCULO TRIGÉSIMO QUARTO

As pessoas têm a mania de defender o sexo das alegações religiosas de que esse ato só tem como fundamento a procriação. Sexo serve para outras coisas, sim, claro, desde o alento à dor ao sossego ao justo. Mas enquanto os religiosos veem uma mulher como uma videira fecunda, alardeando suas bobagens em nome não autorizado, mais outros tolos tratam sexo como uma questão política, algo que deve ou merece ser libertado. Quando não pior, algo enigmático, que deva ser investigado e revelado em novidades com o tempo. Tanta e tamanha idiotice. Não há um cacete a ser dissertado ou compreendido sobre o sexo. Faça-o, não faça-o, mas não o confunda com outras coisas. Fornicar é basicamente uma necessidade fisiológica. Sendo só isso ou tudo isso, não se justifica que o homem moderno torne-a seu assunto predileto. Patetizando o processo com seus neurônios metidos a besta. Mitificando o que é singelo, intelectualizando o que é instinto. Causando polêmica com o que deveria ser deliciosamente banal. E, aí, banalizando o que, sem métricas, nem cantos, nem prosas, deveria ser puramente poético.

*

Sem ainda saber que estava grávida, empenhei-me no plano do momento: alugar um apartamento para poder trabalhar. Das três às seis, imaginei. As seis e quinze, poderia receber Helena, numa espécie de "cantinho de nós duas". Falo isso e morro de vergonha, menos até pela cafonice, mais pelo fato de acabar, com isso, mentindo tanto para Guido quanto para ela. Mesmo para mim, diria em apoio à minha estupidez. Pois atualmente noto que todos os meandros envolvidos naquela ação foram infernalmente fáceis, como tudo que é estúpido. O prédio, um antigo edifício de apartamentos pequenos porém simpáticos. A localização, perto porém distante o bastante. Aproveitei uma das idas de Helena a Nova York para fazer uma longa faxina. Coloquei no imóvel uma cama, uma escrivaninha, um computador e um frigobar, veja só. Uma vez instalada, passei a procurar as falhas do lugar: paredes encardidas, tacos soltos, azulejos feios na mínima cozinha e no escuro banheiro. Como a minha surpresa deveria ser perfeita, não vacilei. Luminárias assinadas apontadas com estratégia. Modernos utensílios para entulhar a cozinha. Um ofurô para dar sentido ao banheiro. Persianas para esconder as janelas. Ar-condicionado em dois módulos, um externo, outro interno. Estantes cobertas por livros. CDs bem arrumados ao lado do som compacto de última geração. Como uma noiva grávida, queria folhear revistas atrás de sofás e tapetes. Passado um mês, Guido já voltava ao trabalho, Helena ia chegar de viagem, e eu gastava mais do que podia num "lugarzinho para escrever". Reformas previstas para três ou quatro dias transformando-se subitamente na construção das pirâmides. E um dia, o dia em que ela chegaria, senti-me tão amedrontada, sem ninguém para recorrer, que fiquei agachada no chão, igual uma criança apavorada que quebrou a poncheira de cristal tcheco da mãe. Com os hormônios em mudança, hoje sei, e, por isso, mais sensível, não tendo ideia do que acontecia comigo, tomei a decisão de enfeitar os escombros e surpreender Helena à noite. Mmmmm, tenho vontade até de rir. Rir de nervoso.

*

Que mico.

*

Espalhei velas pelos recantos da obra. Uns panos também, assim, jogados. Ficou uma coisa "nosso apartamento, um pedaço de Saigon". Ai, sinto tanto vexame por essa noite que dá vontade de bater com a cabeça na quina da pia. Como a cama estava no meio do quarto, para que os roda-pés infestados de cupim fossem recuperados, achei que eu devia trabalhar as possibilidades. Varri o chão e passei um pano molhado para retirar a poeira. Sobre a cama, coloquei primeiro lençóis de algodão, brancos, depois uma colcha pesada, vinho, mais alguns almofadões da Joelle. Seria o suficiente? Não para mim. Não naquela época. Saquei que de nada adiantava as velas e a cama arrumada. Teria que contextualizar todo o ambiente. Como ainda estava quente, champanhe para o frigobar. Como pedreiros deixam fedores, incensos. Como era domingo, flores campestres. Passei do meramente cinematográfico para o domínio dos efeitos especiais. Gastando aquele domingo inteiro preparando o set. Nunca um piso imundo foi tão brilhoso. Percorri dois shoppings em busca de lenços de seda, para colocar em cima dos pedaços em que faltavam tacos. Encontrei numa loja indiana. E na loja tive um insight: fazer um clima cambando para o místico. Comprei diversas imagens de deuses e, na pia velha do banheiro, fiz uma instalação conceitual. Às cinco, quando Helena ainda descansava da viagem e Guido voltava de um curso de final de semana, pude voltar para casa e me arrumar sem dar maiores explicações. Guido derrubou-se na cama, cansado, e eu coloquei meu terno cinza com uma de suas gravatas. Amarrei meus cabelos num coque. Às sete, estava pronta. Havíamos combinado, eu e Helena, num telefonema rápido, que nos encontraríamos às dez. Deixei um bilhete para Guido, grudado com durex na tela da TV, avisando que tinha ido jantar fora. Às dez e quinze, eu acendia incensos pelo cenário. Às dez e vinte, eu batia na porta dela com uma flor de lótus feita em origami.

*

Meia-noite, eu já era a mulher mais infeliz do mundo.

*

VERSÍCULO TRIGÉSIMO QUINTO

A reação de Helena foi parcialmente disfarçada por uma cara blasé, de quem já tinha visto aquele filme. Seguiram-se minutos de um tipo cruel de silêncio, mistura de mau humor, péssimo caráter e perfeita estupidez, que foi minando Cristiana como uma encosta de morro que desmorona aos poucos. Mas um resumo como este não pode satisfazer ninguém, mediante evento tão sobrecarregado de detalhes. Deixar escapar alguns deles passaria por desatenção ou relaxamento. E, mesmo muito ocupado, não sou um diletante.

*

VERSÍCULO TRIGÉSIMO SEXTO

A decoração merece reportagem em revista. A música certa, aos ouvidos de quem tudo sabe, dá vontade de chorar. Na noite fria que faz, à luz de velas, o desastre é quase um lugar aconchegante. Helena está milimetricamente catatônica. É veterana na batalha da homossexualidade, e sabe que mulher é bicho que gosta de casar. Ela mesma gostaria, mas não com a Cristiana. Cristiana é muito complicada. E ainda tem essa outra pessoa no meio. Não, não é Guido – Helena está pouco se lixando para ele. Perseguindo com dedicação seu lugar-comum no mundo da incessante alcovitagem sapatônica, Helena conheceu uma mocinha. De cabelos compridos e crespos, com mechas claras estilo selvagem-country-windsurf. E nesse jogo de aparências – o pôquer das lésbicas – as regras são rígidas: não vai falar nem uma palavra sobre ela com Cristiana. Cristiana, você sabe, jamais entenderia.

— Cris, pra que isso?

— Para você.

— Você não devia...

— Você não gostou?

— E o seu marido?

— Ele sabe, quer dizer, ele me apoiou... Olha, eu não vou me mudar para cá. Eu pretendo escrever um livro aqui e...

— Que livro?

— Um romance. Vou dedicar pra você.

*

Helena disse que foi muito permissiva comigo. Repetiu isso diversas vezes. Que foi muito permissiva comigo. Naquela altura do campeonato, acreditava tanto nela que até pedi desculpas. Foi tão humilhante que eu abri uma garrafa de champanhe com faca.

*

VERSÍCULO TRIGÉSIMO SÉTIMO

Helena aceitou uma taça. Como tem horror a escândalo, e diante daquela loucura, tentou amenizar a sua antipatia por todo aquele amor que vinha de Cristiana, contando para ela como foi sua viagem. Desconcertadas, sentaram-se, cada uma como pôde, no chão da sala, e durante determinado tempo elas conversaram como duas conhecidas distantes. Cristiana havia preparado alguns textos para encantar a amada. Tentou emplacar umas conclusões sobre as leituras que fizera em sua ausência. Havia lido o Relatório Hite *e suas convicções sobre o amor feminino estavam acentuadas. Pretendia provocar uma sedução oposta narrando confidências de mulheres entrevistadas para a pesquisa. Havia marcado as páginas onde um relato sobre a pansexualidade pareceu-lhe espetacular, sendo a conclusão do texto particularmente animadora, uma vez que justificava a atração entre elas como um evento absolutamente comum. Helena ouvia e bebia, nem um pouco interessada nessa explicação científica para a sua opção sexual. Desde que vira* A mulher de vermelho, *quando Kelly Le Brock apareceu na tela do cinema, já sabia que era uma lésbica. Bem antes até, diria qualquer um, essa condição era sensível em sua personalidade. A sapatonice aguda – entristece-me concordar – causa um tipo de deformidade inenarrável mas gritante. Enquanto Cristiana enquadra-se naquilo que Freud chamou de "invertida ocasional": alguém que perante específicas situações poderá deixar-se atrair por pessoa do mesmo sexo. Com a sua libido adotando um comportamento homossexual temporário, já que animado pelo objeto. E com a durabilidade da paixão, que enfraquece o poder do intelecto e passa a comandar os desejos. Cristiana, ao ceder aos encantos de Helena, simplesmente negava-se a aprisionar a sua existência num pedaço de seu corpo. Ela não queria estar restrita a uma vagina. Não queria caber tão somente na definição de fêmea. O amor, consequência eventual da paixão, foi a fonte de intensa expansão da consciência que teve de si própria. Autorizando-a a experimentar aquilo, que, pelo homem, poderá ser chamado de degenerescência estrutural, mas que para o campo das sensações é absolutamente natural. Ora, não é de hoje nem de ontem que as meninas brincam com o toque e a sedução. Elas podem fazer os seus joguinhos num salão lotado, sem que ninguém consiga notar qualquer vestígio de sexualidade latente. Os clitóris entumecidos estão longe da eloquência dos pênis rijos. E as brincadeirinhas ingênuas das senhoritas passam, há milênios, incólumes em meio à multidão. Mulheres podem se masturbar em público, saiba você que não é mulher. Basta cruzar as pernas, apertar os músculos por alguns minutos, e uma certa cara de pau na hora do orgasmo. Um falso ataque de tosse e pronto – uma mulher gozou bem na sua frente e você pensando na inflação. E, mulheres são munidas de recursos inimagináveis. E, no entanto, ao contrário dos homens, elas necessitam de uma "real intenção" para que esses recursos resultem numa trepada. Ressalva que livra o mundo do caos, pois todo dia milhares de mulheres sentem-se atraídas por amigas. Colegas de academia, de trabalho, de colégio. Mas, como foram privadas da certeza, jamais sabem se a recíproca é verdadeira. Mulheres não sabem blefar, dom masculino. Por isso tantas queimaram em fogueiras, e as chamas ainda clamam por pecadoras. Deus, porém, as quer libertas. Conta, como sempre, com o bom senso. De que a tonalidade feminina não perca a sua cor por causa de uma escolha sexual; e bom, bom, bom, bom, as fanchonas másculas e as peruas indecentes esqueceram que suas preferências não precisam estar estampadas na cara.*

*

O que pobre, sapatão e perua têm em comum?

*

Cachorro.

*

Poxa vida. Essa merda de ter que assumir a culpa. É para isso que a psicanálise serve; é para isso que a religião serve; pai, mãe e a puta que o pariu.

*

Sabe do que mais? Não tenho dever algum com as palavras. As palavras, enfim, são tão inúteis quanto um 8.

(Tenho, desde menina, um caráter para cada número. 8 é um mimado inútil, metido a bonzinho. 7 é mau para cachorro, sedutor mal-humorado. 6, um puxa-saco sem a menor personalidade. 5 é mutante – em diferentes circunstâncias poderá ficar conforme o necessário. 4 é legalzinha, é mulher. 3 tem o perfil de um ariano: apaixonado, dedicado, até que sente-se traído e destrói o outro. Some. Ariano e 3 sabem deixar qualquer um louco, esperando um telefonema. 2 é de fato a pureza em pessoa. E 1 é a Madonna dos números. É mulher, mas diferente da 4, tem um aspecto masculino do poder, que a faz andrógena quando atuando em seu domínio. Os números de dois algarismos me remeteram ao mestrado dos pensamentos obsessivos. Vejam. 26 é um casamento que dura pela bondade do 2 e pela falsidade do 6. 37 é Japão e Alemanha quando se juntam para fazer merda. 24 é bicha, claro. 33 é a relação sexual. Fodem sem parar esses dois. 44 é anêmico. 66 não gosto. 99 não é 66 de cabeça para cima. Eu amo 99. Amo 13. Não suporto o 14. Está fazendo 32 semanas que abortei. 32 semanas menos um dia que a vi pela última vez. 32 semanas mais um dia que parei de beber. E jamais esquecerei aqueles três dias. 3 que, já vimos, é de Áries. Naqueles três dias eu estava com dois meses de gravidez e só soube um dia depois de parar de beber. Quando dois dias antes encontrei Helena, eu ainda não sabia. Penso que, se soubesse, não teria perdido o neném. E não teria feito nós duas sofrermos tanto. Quando disse que a odiava. Sentindo realmente tanto ódio, verme nocivo, idiota, demônio, que ainda me tenta, e hoje sei que ele é uma doença do cérebro. Acreditei durante anos que ódio era da invenção da psique. Que, aos seis meses de idade, quando iniciamos a formação deformada do eu, e traçamos um caminho irreversível que nos transforma em ego, adquiríamos o ódio automaticamente. E que, pelo resto da vida, sublimando-o ou não, estaríamos numa rede de intrigas sofisticadíssima, na qual odiar e amar é quase uma decisão sadomasoquista. Quase uma postura, em que informamos se vamos ser maus ou bons. Então odiar era uma falha de caráter, com possível cura através de anos de análise. Hoje não acredito em cura. Não acredito em anos de análise. Só ainda admiro Freud porque ele escrevia bem. Mas, coitado, morreu sem descobrir o bom uso do lítio. Acredito, sim, em doença. Em cérebro. Em deficiência de elementos químicos. Que, estimulados pelas ocasiões certas, nos fazem odiar. Morro de medo de 666.)

*

VERSÍCULO TRIGÉSIMO OITAVO

Fiz Urano porque precisava de uma pequena correção de curso na órbita de Saturno. Não desejava aborrecer ninguém com detalhes técnicos, mas infelizmente eles são necessários. Havia planejado para Saturno um ciclo de exatos vinte e nove anos e meio em torno do Sol; única decisão minha que poderá ser interpretada como capricho, quase que injustamente, contudo. Explico. Após minha experiência com Júpiter, quando aproveitei a máxima força eruptiva do sol e criei um mundo imenso e imensamente belo, já havia resolvido fazer Saturno também bem grande, com uns 120 mil quilômetros de diâmetro. O equilíbrio do sistema me obrigava, no entanto, a uma composição menos densa, e optei por envolver seu núcleo com metano e amoníaco em estado sólido. Uma decisão complicada, dada a instabilidade dessa química, mas os cálculos indicavam uma velocidade orbital média de apenas 9,5 quilômetros por segundo, e ima-

ginei que uma simples atmosfera de nitrogênio e hidrogênio seria suficiente para estabilizar o planeta. Estaria correto, não fosse por um pequeno descuido na trajetória de uma de suas luas, Tirésias, que acabou se chocando de frente com outra, menor, que não me lembro o nome. Os satélites se esfacelaram mutuamente, prejudicando o delicado equilíbrio de forças que havia instalado em Saturno. Consciente de que o problema havia surgido de um erro meu, cheguei mesmo a pensar em destruir o sistema solar e começar tudo de novo, mas o entulho que restou da colisão formou lindíssimos anéis em volta do planeta e preferi optar por uma solução menos drástica. Criaria um novo planeta, numa órbita subsequente e complementar, restabelecendo a harmonia matemática necessária. Nascia Urano. E, como a atividade solar já estava em desaceleração, pensei num núcleo metálico rochoso um pouco maior do que a Terra, porém com uma densa camada de gás metano, que havia me sobrado da formação de Saturno, em volta. No total, algo perto de 50 mil quilômetros de diâmetro, com massa mais do que suficiente para uma velocidade orbital média estimada em 6,7 quilômetros por segundo. Ficaria, dessa forma, o ano uraniano com a duração de uma existência média terrestre, oitenta e quatro anos – ironia que me interessava, já que havia criado Saturno pensando na possibilidade de vida na Terra. Sim, o metano impossibilitaria a vida em Urano, em compensação daria ao planeta uma coloração verde-azulada de rara luminosidade, considerando sua longa distância do sol. Pois bem: os dados conferiam, tudo parecia bater, dei-me por satisfeito. A ponto de concentrar minhas atenções na região de Alfa-Centauro, a pouco mais de um ano-luz daqui, pela qual havia desenvolvido uma pequena predileção dada a beleza de seu sistema estelar duplo. E foi isso. Só isso. Uma mínima desatenção e pronto: nova colisão entre luas, agora em Urano. Eu aparentemente havia subestimado a volatilidade do metano e sua influência no campo magnético. De novo pensei em acabar com tudo e começar do zero, de novo entretanto recuei, diante da delicadeza dos finos anéis que se formaram em torno do planeta. Busquei, então, alguma ideia que conciliasse física e estética, hábito do qual, confesso, não me orgulho, mas não consigo me libertar. Distrai-me do tédio, dá para entender? A solução veio na forma de ideal romântico – pensei: e se em Urano as estações variassem mais dramaticamente? Se cada hemisfério visse o sol se levantar no verão até alcançar seu polo correspondente, para depois mergulhar do topo do céu num horizonte gelado? Imaginei as lindas auroras boreais no obscuro Urano, incandescendo seu metano verde-azulado com rajadas de rosa hidrogênio. A ideia me pareceu tão boa que resolvi executá-la com inusitado cuidado: um asteroide foi desviado especialmente para chocar-se com o planeta, num impacto que deixou seu equador perpendicular ao plano de sua órbita. Uma geometria planetária única e exata, tanto pela sua ciência quanto pela sua falta de sentido. E tudo funcionou otimamente bem, tendo o sistema voltado à configuração de forças desejada. Havia, entretanto, esquecido-me de Saturno. A mudança repentina no ciclo de Urano foi minando lentamente a estável trajetória do planeta anterior, pouco a pouco deixando o ano saturnino não mais com vinte e nove anos e meio, mas com vinte e nove anos e meio e dez horas. Dez horas! Quem poderia imaginar que tão ridículo espaço de tempo fosse fazer diferença. E aqui cabe explicar de onde surgiu minha premissa inicial, essa, dos vinte e nove anos e meio. Criara Saturno para influenciar o futuro ciclo de vida na Terra, principalmente a energia feminina ali presente – eletricida-

de ligada ao caos, à entropia, enquanto a energia masculina liga-se à lógica e à estabilidade. Havia imaginado que, num planeta como a Terra, onde os dados apontavam para a possibilidade de vida, a ser regida por ciclos anuais de 365 dias, uma interferência de Saturno – sempre no sentido do amadurecimento – a cada terço de existência seria recomendado. Os cálculos apontavam para uma estabilização da expectativa da duração terrestre em torno dos noventa anos, assim sugerindo uma órbita de trinta anos para Saturno. Tirei desse número meio ano, como já disse, aparentemente por capricho. Só que existia um motivo para essa subtração aleatória, um motivo que muitos provavelmente sequer vão considerar motivo, mas que na ocasião me soou de razoável apelo. Meio ano era o tempo que eu permitiria ao caos. Seis meses de balbúrdia na sopa quântica antes do estabelecimento de uma nova realidade; o inverso da calmaria que antecede a tempestade; uma sacudida final, enfim. Por que meio ano? Por nada, porque foi o número que me veio à cabeça. Se estávamos tratando do caos, do caos teria de vir essa conta. E achei que pegaria bem, sinceramente. Períodos semelhantes haviam funcionado antes em outros sistemas planetários. Um tempo de loucura antes da verdade, uma temporada de trevas antes da luz. Capricho, portanto? Não penso assim, embora, sim, concorde que talvez revisse aquela decisão se me houvesse possibilidade. Mas não me arrependo, mesmo porque tudo teria dado certo se não fosse por Urano. Que causou aquelas dez horas a mais. Já que meu padrão do caos permitia um caos de meio ano, não de meio ano e dez horas. E as energias femininas no planeta Terra envolveram-se numa espécie de calombo cronológico, uma mancada quântica de caráter irreversível. Mas, vejam bem, estamos falando de migalhas do universo. Variações tão peque-

nas diante do todo que eu mesmo, muitas vezes, tenho dificuldade para perceber. Como não percebi, neste caso. Só comecei a desconfiar que algo havia dado errado quando soube da mitologia do povo da Terra, uns três ou quatro mil anos atrás – não tenho paciência para mitologia, infelizmente, porém, tenho que me manter informado sobre o que dizem a meu respeito. Tomei conhecimento de uma história complicadíssima, envolvendo os planetas vizinhos e suas simbologias, que pretendo resumir sem piedade. Urano seria pai de Saturno e avô de Júpiter. Até aí, algum nexo astronômico. Mas o caso é que Urano seria ao mesmo tempo filho e mando de Gaia, a Terra. E teria aprisionado alguns dos filhos do casal em Tartarus, um lugar horroroso. Então, para salvar seus outros rebentos, Gaia teria dado uma foice para Saturno. Que usou a ferramenta para castrar Urano, enquanto ele dormia, após ter feito sexo com Gaia. A trama piorava, ganhando tonalidades de gosto duvidoso, quando os órgãos genitais mutilados de Urano eram atirados ao mar e, da espuma surgida nesse impacto, nascia Afrodite. Deusa interessante, com uma singularidade extrema: uma faceta homossexual chamada Afrodite Urania. Deixando claro que o pequeno incidente orbital havia afetado áreas não calculadas. Como em todo circuito elétrico, a cada componente do sistema solar cabe uma função específica na acumulação e transmissão de energia. Os planetas, e suas posições relativas, regem as energias de vida, no momento ativas apenas na Terra. Seus habitantes, todos pequenos fusíveis nesse imensurável fluxo de eletricidade positiva e negativa, estão conectados à malha celeste através de seus centros de força – que não estão no coração, como muitos pensam, pois fortaleceriam por demais o ego, mas num ponto equidistante entre o umbigo e a pélvis. Esse centro de força trabalha interna-

mente, em bipolaridade, com o ponto de unidade da vida, que fica no estômago, local onde o inconsciente e o consciente se encontram. As frequências das energias que vibram entre estes dois extremos são sutis, por isso irregistráveis, mas comandam as verdades humanas, ou seja, a maturidade do ser. Sendo as variáveis dessa maturidade chamadas de aspectos. E sendo os aspectos influenciados diretamente pela correlação de forças no sistema solar. Dessa sintonia fina, surgem todas as inconstâncias da existência, temidas em sua essência, porém fundamentais dentro do fractal da evolução da vida. E, por mais que isso soe poético, de poesia não tem nada. É pura aritmética, uma de minhas especialidades. Do apuro de meus cálculos tudo advém, desde a intuição ao sono, da ideia ao câncer. Responsabilidade à qual não fujo, ou não estaria aqui, explicando-me. O caso de Cristiana não é único – um pequeno desvio na curva de frequência, causado pelo campo magnético de Urano, desestabilizou seu centro de força, movendo o ponto de equilíbrio alguns poucos centímetros na direção da pélvis. Mas é particularmente terrível, já que acabou por impossibilitar um novo ser vivente, para o qual eu tinha planos. O problema ganhou estas proporções porque a órbita uraniana magnetiza os aspectos da mudança na rotina, da inconvencionalidade sexual, das novas experiências e técnicas, das improvisações, das liberdades. E a entropia, naquelas dez horas, por alguns décimos excessiva, foi suficiente para causar uma ressonância, ou melhor, uma reverberação nas ondas que controlam a delicada vibração do equilíbrio. Em Cristiana, aquele quantum *de caos se chocou com sua frequência básica e foi amplificado além da normalidade – e de novo repito que este não é um evento único. Milhares de mulheres sofrem com essa influência perturbadora ciclicamente, fato que não me deixa mais tranquilo, pelo contrário. Pretendo, entretanto, que vocês percebam as filigranas deste processo, não tentando justificar um erro, mas procurando torná-lo em mim, portanto em todos, mais leve. Como já disse, uma pessoa – pois para os homens tudo isso também vale, estando as energias femininas em qualquer um – sob o efeito de Urano pode sofrer algo como um "magnetismo escuso", um tipo de distúrbio eletrônico que atinge o frágil sistema nervoso, por conseguinte o cérebro, onde lhe é mais dolorido: na avaliação ética. Então, quando Urano em A faz um interaspecto como um planeta em B, dois aspectos disparam: o da preferência sexual e o da vã mentira. Saturno, que representa o oposto, estabelecendo padrões magnéticos mais estáveis, deveria neutralizar o lado negativo deste efeito. Mas a pequena interferência no deslocamento desses dois corpos fez com que – em pessoas como Cristiana – tudo fosse longe demais. Sendo "longe demais" aqui usado como termo mais científico que semântico, já que o foco elétrico de seu ser foi realmente deslocado. Indo parar perigosamente perto da pélvis, região sabidamente problemática para a condição humana. Urano, que em condições normais representa o estímulo para algo novo, passa a causar um impulso incontrolável para experimentar o que não se conhece, para se avaliar os limites da liberdade, para a afirmação da individualidade a qualquer custo. Fatores que geralmente levam somente a pequenos afloramentos da personalidade, em várias ações tolas como rompantes e gafes, mas que foram limítrofes no caso de Cristiana. Que ganha nos anais da Medicina Psiquiátrica, por Freud, por Afrodite e por ironia, o nome de Uranismo. Termo técnico para o desejo ao mesmo sexo que lamento, não pela injusta homenagem no título, mas pela lembrança de um equívoco que cometi em nome da beleza. Eu não podia, por favor entendam, perder aqueles anéis.*

*

Uma das doze etapas, para a cura de um alcoólatra anônimo, é reconhecer que se comportou de modo desagradável com alguém e lhe pedir desculpas. Logo o terceiro passo a ser dado, se não me engano, torna-se talvez um dos mais complicados. Se é difícil olhar para um copo de uísque sem dele beber, muito mais difícil é aceitar que, dele bebendo, você irá fazer coisas que jamais faria. Primeiro porque há coisas que você faz após beber que, bom, simplesmente não dá para responsabilizar a bebida por elas. Foi o caso daquela outra noite, e tudo que disse para Helena. Se faria aquilo sóbria? Não. Mas também não faria se duzentas outras possibilidades não tivessem acontecido. Além disso, eu também não a teria beijado se estivesse sóbria, sendo que beijá-la foi bom. Estando aí o segundo motivo de ser tão dura essa etapa: fazer coisas que você jamais faria é, a princípio, ótimo. Certamente não teria vivido alguns dos momentos mais interessantes de minha vida não fosse levada pelo álcool. Não sou, portanto, o que se poderia chamar de Madalena arrependida. Sei que foi enchendo a cara que travei contato com muitos dos aspectos mais legais de minha personalidade. E são conclusões como estas que ainda me fazem pensar tanto naqueles dias, quando decidi que ia parar de beber. Tenho, inclusive, uma enorme vontade de conversar sobre isso com mais alguém, mas a ideia de conversar me está tão ligada a beber que não sei. Cheguei a cogitar frequentar uma dessas reuniões de igreja, onde todos parecem mais infelizes que você. Ainda não o fiz. As minhas etapas eu consegui pela internet. E, justamente, uma das poucas que já cumpri foi essa, a de pedir desculpas. Não à Helena. Nunca à Helena. Nem a Guido, que tantas vezes tratei tão mal. Sei que isso contraria a força de meu próprio testemunho, porém escolhi uma pessoa sem grande importância na história. Vítima de um episódio prosaico, nem de perto tão grave quanto outras barbaridades que cometi. Seguramente por isso meu telefonema lhe tenha soado tão estranho. Creio até que ela, a pessoa, possa ter achado, e ainda hoje ache, que eu estava de sacanagem. Não estava. Foi que a situação chata em questão, embora distante de ser uma das mais desagradáveis que eu causei, simbolizou o momento em que me toquei da idiota que havia me tornado. E simbologia é tudo nesse processo, não é? Você pede desculpas a somente um por todas as merdas que fez com outras dezenas. Então eu liguei para ele. Um quase amigo meu, também jornalista. Um cara que sequer conheço direito, mas que mantinha comigo uma relação bastante amável. Um rapaz que, imagino, sentiu-se curioso a meu respeito, nem exatamente por algum específico motivo. E eu me simpatizei com ele também desta maneira, meio sem ter porquê. Não que ele seja desinteressante, apenas os nossos contatos jamais passaram disso, leves casualidades de agendas. Como aquele jantar. Ele havia sido promovido a editor de uma revista, queria me encomendar alguma matéria, e pronto: ali estávamos os dois, tomando uísques com água no Fasano. Indo tudo muito bem, de início. Conversávamos francamente, como dois colegas de profissão meio *freaks* dentro do bendito esquema. Afinal, sou uma das poucas jornalistas que pode fazer só o que quer, e ele, com menos de trinta, um jovem inteligente e bem-posicionado, na realidade a fim de tocar com sua banda de rock nos finais de semana. O que me intriga naquele, digamos, happy hour é que não havia o menor clima entre a gente. É óbvio que, se um quisesse, o outro provavelmente toparia, mas não estávamos ali com nenhuma intenção além das mais triviais. Contei-lhe sobre umas ideias que andava tendo, depois falamos um pouco sobre literatura, e chegamos a nos empolgar num rápido debate sobre essa mania que os homens têm de querer comer o cu das suas novas namoradas. Aí, entre um gole e outro, surgiu uma oportunidade qualquer para que eu começasse a mentir. É, mentir. Sendo que desenvolvi uma imensa e triste cascata, sobre nunca haver tido filhos, e sobre nenhum homem com que eu havia estado ligada emocionalmente haver querido ter filhos comigo, e sobre como eu creditava a essa contingência minha esquizofrenia. Porque, sim, eu era uma esquizofrênica. Desatando-me em um monte de quadros clínicos que conheço por causa de Guido, e revelando-me fruto de uma degenerescência hereditária. Uma besteirada sem sentido, sobre um tempo em que eu e Guido havíamos tentado engravidar, tendo sido esse nosso sonho irrealizado. Ou seja, uma mentira atrás da outra. Uma *bullshit* sem tamanho e sem motivo. Algum *Stanislavsky* que baixou em mim; e piorou no instante em que mudei de bebida, saindo do uísque e iniciando uma sequência de cinco latinhas de cerveja. Piorou, digo, numa atuação perfeita: sem excessos de interpretação, nem suspiros, nem lacrimejos. Não tinha ideia de onde queria chegar com aquilo, mas em nenhum momento demonstrei desapontamento com a vida. Pelo contrário, cética, pois medicada, disse que aceitava essa condição meio que como uma asma da psique. E que, no fundo, eu era mesmo uma enorme sortuda, uma vez que consegui estacionar o meu quadro, sendo caracterizada não mais como uma esquizofrênica, mas como uma esquizoide. Usei inclusive um termo absurdo e ridiculamente cafona. Disse para ele que eu era uma esquizo-heroica. Aí dei um tempo para ele falar alguma coisa e ele falou, coitado, tentando encontrar um tom ao mesmo tempo civilizado e sentimental. Algo que me confortaria, sem contudo dar corda a uma possível crise de choro; não ali, no Fasano. E aconteceu: eu caí na gargalhada. Começando e não conseguindo mais parar. Horrível estado onde regularmente me vejo, este de ataque de risos, pois a vontade de rir só aumenta, e eu fico tentando parar trincando a boca, e me tremo toda, e me engasgo com o cigarro, e cravo os dedos no braço do outro, e me sufoco entre risinhos detestáveis, jogando os cabelos de um lado para o outro para esconder a cara atrás de cachos que voam ao vento das gargalhadas. Um espetáculo, enfim, que faria o Dalai Lama me mandar tomar no cu. Enquanto ele, o cara, o rapaz, atônito na minha frente, permaneceu um *gentleman*. Aguentou toda a cena. Acredito que temendo presenciar alguma crise nervosa mais intensa, já que ficou logicamente puto, após quase uma hora de eu assim, rindo sem parar. A conta foi pedida e paga por ele, e eu ainda lá, contorcendo-me em charme e grosseria. Foram buscar os nossos carros, e eu lá, no quá quá quá, ai ai ai. Odiosamente eufórica com o irreparável. Então, quando eu soube que era bom pedir desculpas a alguém que havíamos incomodado por causa do álcool, achei que seria para ele que devia ligar. Liguei, deixei recado na caixa postal e ele me retornou, numa voz educada porém gelada. Ressabiada, diria. Fui direto ao assunto: disse que havia parado de beber e que gostaria de ser perdoada por aquele dia. Ele me respondeu que havíamos passado quatro horas juntos e que, realmente, o último um quarto do nosso encontro podia ter sido evitado. Disse mais: que esse um quarto fora suficiente para que ele pensasse no encontro todo como igualmente dispensável. Usou essas palavras: igualmente dispensável. E eu fiquei puta. Ora, era como se três quartos de mim não fossem bastantes para garantir uma noite agradável. Já estava pensando numa resposta desaforada, quando um bom senso inesperado me fez voltar à meta inicial: reafirmei o meu constrangimento, e que não beberia nunca mais. Ele me pediu para que não fizesse isso por causa dele. E eu disse: então tá. É isso. Desculpa e tal e tchau. Desliguei o telefone e fiquei pensando: oi. Meu nome é Cristiana. Comecei a beber com treze anos de idade. Sou uma alcoólatra. Pretendo, com a ajuda do Senhor, nunca mais beber. Mas o que me assusta é que ainda sou capaz de fazer os outros passarem por palhaços, caso me dê na telha.

*

Estou quase boa.

*

Sinto que seria capaz de dar uma volta com ela, em seu carro blindado, de madrugada, pela avenida Paulista. Tenho achado que posso me curar de mim.

*

Uma vez, trêbada, parei para tirar dinheiro num banco vinte e quatro horas que estava sendo assaltado. Estacionei o carro em frente ao posto e gritei: ei! Vocês estão roubando? Saca cem aí pra mim? O elemento apontou a arma para minha testa e eu continuei: eu só quero cem reais, moço. Aí um outro elemento tacou uma nota de cinquenta na minha cara e mandou eu sumir dali.

Eu peço desculpas à sorte.

*

As texturas daquela outra noite me são claras além do necessário. Um catálogo de tecelagem são as sensações que tenho; as tramas que encosto, as transparências que percebo, os relevos que sinto, os pontos de crochê que pulo. Tudo ainda em flor na minha pele. "Um traço de tristeza que você tatuou." Uma vez, vi uma reprodução do que deveriam ter sido os aposentos de Maria Antonieta. Tudo com muita tapeçaria, sabe? Muitos panos, muitos gomos almofadados, muitas camadas de cortinas. Um ambiente de florais mortiços e dourado ouro. O dorsel caindo pesado sobre a cama, em si já muito embabadada, numa imagem que definiria a suntuosidade da realeza e o paraíso das traças. Tenho uma tosse asmática só de lembrar – mas afirmo que esse quarto tem de ser visto no seu absoluto contexto. Pois estamos em um castelo. Um castelo de um país frio. Um país frio com a população em revolta. Contra a corte da dona do quarto, que se esparrama pelos quartos contíguos ao dela. Uma riqueza que convive com ratos e medos, sobrevivendo a épocas e pestes negras. Sendo que ali, no meio daqueles tecidos, todos os insetos são gordos. Eles se alimentam das dobras ensebadas dos nobres ociosos. Da gosma que escorre dos genitais enxaguados em bacias de porcelana. Da porra antiga na coberta rendada. Dos fios de peruca nos vãos das almofadas. Do céu cinzento a encardir a luz. Do cheiro das velas, misturado com o cheiro das lareiras, misturado com o ar já morto que exala dos travesseiros de penas de ganso. Da atmosfera densa, de fronhas sobre fronhas, a impedir que se sintam os perfumes que pingam-se em gotas de óleo.

Revejo os detalhes daquela noite e sinto-me nos aposentos de Maria Antonieta.

Acho que é hora de falar sério. Tenho pudores a respeito da minha ingenuidade. Sabe, eu imaginava que, para Helena, eu era uma incrível história de amor. Pois ela falou muito cedo que me amava. Aparentemente, esse hábito, de se falar que se ama sem se amar, tornou-se um hábito comum a dois mundos supostamente opostos: o das mulheres homossexuais e o dos homens cafajestes. Com o agravante de que, no universo lésbico, há uma adrenalina, advinda do proibido, que deturpa de vez o significado das razões. Quase como se isso, esse pior tipo de mentira, fosse aceitável, por viabilizar o estilo de vida de uma minoria. Não digo algo assim, tão perigoso, apenas para justificar-me, embora compreenda que me acusem disso. Sim, para que eu chegasse aonde cheguei, não bastou apenas delírio. Escutei muitas coisas, coisas que ela disse e jurou de pés juntos, coisas que me fizeram acreditar que eu era aceita e ansiada. Hoje noto que, quanto mais ela falava, mais ela acenava para mim com o fim de nossa relação. Contudo ela falava de amor, muito amor, de amor em desalinho, amor em ebulição, e eu me confundi. Para mim, aquilo, e aquela inconstância incluída, fazia parte de nosso caminho amoroso. Que ligaria o fim do que era antes ao começo do que viria depois. O início de outra era. Que as confusões até ali, as brigas, os desencontros, os telefonemas não retornados, os leves desprezos, eram os ingredientes dessa receita. As feridas da guerra. Leia o *Gita* e saiba do que estou falando. Arjuna, o herói, deve lutar. Vencer nem importa mais, ou jamais importou. A luta é abnegada. Simplesmente não dá para não lutar. Não dava. Já que Guido sabia de tudo, mas não podia fazer nada para me impedir. Já que Helena não sabia de nada, e provocou-me ao estágio do desafio ao duelo. Já que a hipocrisia social sabia de tudo e não sabia de nada, exercitando-se em nós, nós duas, nós três, destilando-se em rumores confirmados. Éramos, portanto, plural. PLURAL, entendeu? Eu sou Arjuna. Tive que lutar contra minha família. Tive que lutar contra minha religião. Contra meu povo. No entanto, se fui à loucura, saibam que não fui sozinha. Guido estava lá. Helena estava lá. Deus estava lá. E todos vocês, seus fofoqueiros invejosos, estavam lá. Aponto culpas e culpados, se é isso o que precisam.

Guido me deixou. Ausentou-se de me ajudar por delicadeza. Elegância que foi uma conquista do nosso casamento. Ele não quis que eu me abrisse, que eu confessasse, que eu sucumbisse. Guido acreditou que a turbulência seguiria o seu rumo; até ele, sempre até ele. Não é o que acontece com os seus pacientes? A maluquice garante a Guido que todos estarão ali, com ele, três vezes por semana, ou todo dia, ou dia e noite no meu caso. O problema é que ele não leu *Suave é a noite*. Ele não sabe que Nicole é doida mas pode ter gente que queira ficar com ela. E comigo. Está confuso? Foda-se, eu não vou facilitar. Não tenho facilitado para mim e não vou facilitar para ninguém. E aproveito para culpar a humanidade – Deus junto, com seus maravilhosos conceitos de liberdade e o caralho. Ora, está todo mundo com essa energia demente no cu. Em todos os lugares que vou, há essa primeira necessidade pelo não convencional. Vocês não estão vendo? Eu estou. Aqui em São Paulo, todos esbanjam recursos cênicos sem constrangimentos – tatuam-se, perfuram-se, do *boy* ao sequestrável. No Rio, as vozes chiadas buscam os limites do inconfessável entre cervejas, drogas e coopers na Lagoa. De noite, em todas as cidades, qualquer boca virou beijável. E, no dia seguinte, ih, todo mundo já está sabendo. O mundo clama por aquilo que não pode – e clamou bem no meu ouvido. Deixando-me desnorteada. Qual atitude se tomar quando se é chamada à dança? Não, não imaginava que ia terminar meu casamento, mesmo porque, na verdade, meu casamento não tinha nada a ver com essa história. Nada referente à Helena referia-se a Guido. E vice-versa. Não foi minha vida sexual que me conduziu a um escape matrimonial, não foi do tédio que me desviei. Não foi pelo término de uma emoção que eu comecei outra. Foi porque era uma proposta irresistível: nova e condenável. Foi porque era uma coisa penetrável. Tenho esse cromossoma dos rebeldes, que me faz apoiar os reprimidos. Sou aquela que puxa assunto com a travesti na fila de um banco. Engajei-me? Não! Nunca! Mas quando você olha a quem vive à margem com olhos afetivos, nasce dentro do peito uma aptidão pelo *wild, side*. E repito: se Guido teve algo a ver com isso, foi apenas porque ele vacilou em ser tão perfeito. Enquanto Helena, atualizada com as tendências mais recentes, foi o equívoco em pessoa. Eu? Bom, onde posso mais alfinetar-me? Eu?! Eu fiz a maior merda de todos os tempos! Fiz. Fiz. E fiz. Pronto e acabou. Não sou do tipo de gente que se esgueira de culpas. Não nasci para capinar sentada. Não nasci para patinar de bunda. Não tenho rodinhas no rabo. Não existe nenhuma força superior empurrando meu cu para o chão. E que esteja isso mais do que esclarecido. Sou uma erguida e uma soerguida. Nos meus ombros não se encontra um preto velho chamado Ubirajara. Não carrego a mim mesma. Plaino. Mas fiz a maior merda de todos os tempos. Sim – plainando e fazendo merda. Ficaria mais chique sendo um Arjuna ou uma Nicole, mas sou Cristiana, filha de Deus, pai de todos. E cada um tem o Deus que merece. O Deus que mereço me permitiu a merda. Não deixo, por causa dessa permissão, de estar sendo punida. Não há, porém, limites para o que posso fazer em seguida. E o que fiz foi: colocar umas roupas numas malas, ok, três malas, e chegar sem avisar na casa de Helena. Quando ela já havia deixado claro que não me queria. Mas tive a ideia de surpreendê-la com minha coragem, meu destemor, minha fé no futuro. Uma em cada mala. Que mico. Quinze minutos antes, briguei com Guido em tons que desconhecia, em parte porque, lamento confessar, ele andava um pé no saco na época. Tomei uma garrafa de champanhe inteira, enquanto fazia meu teatro "estou saindo de casa", para arrumar as malas com dramaticidade. Dirigi até a casa de Helena chorando copiosamente, lágrimas verdadeiras, já que, naquele momento, ao deixar Guido, tive uma visão, do amor que estava girando dentro de mim. E percebi que ele, o amor, não encontraria paz em outro lugar. Juro, novamente, mais uma vez, juro: tudo que eu queria era dar meia-volta e pedir a ajuda dele. Que sempre foi uma espécie de Deus-humano para mim. Permissivo, nunca por covardia, mas por completo sentido de liberdade. Só não retornei porque, no dia seguinte, tentaria ir de novo – e estávamos todos muito cansados. Carregando conosco os panos e quinquilharias de Maria Antonieta. Era, então, a boca do calvário que eu tinha que descobrir onde ficava, sendo que o soco que levei, ao chegar na casa de Helena, despedaçou a esfinge babaca que foi minha paixão por ela. Quando me toquei que eu ainda tinha que compor a minha "Purple Rain". Por mim. Por Guido. Pelo mundo. Contra toda a sociedade. Contra a banalidade com que fui tratada. E em nome de Deus. Eu tinha que escrever. *"Nothing Compares to U", O chamado, Morte em Veneza* subitamente em ebulição dentro de mim.

Cheguei na casa dela e fui tratada com distância por uma Helena com outra namorada. Tentaram até disfarçar, porém nada disfarçaria aquela relação para mim. As duas estavam óbvias e eu estava clarividente. Elas sentadas num sofá e eu em pé na frente delas. Elas paralisadas com a minha aparição novela das oito, eu com malas nas mãos. Logo largadas no chão, com um estrondo não calculado. Fui conduzida a uma poltrona e servida de uma cerveja. Num surto de lucidez, decidi ir embora. Algo a ver com a música que tocava no aparelho de som. Música de rádio. Achei aquilo o fim. Desviei, no entanto, de minha iminente saída para trocar a estação no dial. Trombando numa quina e tombando por sobre a mesa. Sem cair, mas aumentando o volume em vez de trocar a música. Aí virei de novo em direção à porta e fui-me, pegando as malas no caminho. Ufa? Ufa, o cacete. Achei que havia esquecido meu celular e por brevíssimos segundos senti toda a importância de um celular no mundo moderno. Através dele, ligaria para o 102 e perguntaria o número do Sheraton Mofarrej. Reabri a porta e entrei num rompante, flagrando as duas sentadas mais próximas. Naturalmente, informei que havia esquecido o celular ali. Olhei em volta e fui enfiar a mão entre as almofadas do sofá. Do sofá em que elas estavam. De tecido espesso e florido. Lembrei-me de Helena dizendo que aquele móvel era francês, antigo, e que aquela era a forração original, datada de 1860, primeira fase de industrialização têxtil da Europa. E entrei em pânico, repetindo: cadê, cadê, cadê? Quando ela riu. O tipo de riso jocoso, que realça em sua boca as carninhas internas laterais. Ela disse: seu celular está pendurado na sua bolsa. Estava. Mas ela não devia ter rido de mim.

*

Você não é nada. Você não é ninguém. Você é menos do que ninguém, você é o vazio em carne e osso. Você se acha, e você nem desconfia. Você é ridícula. A sua casa é ridícula. Tudo em você é falso como uma peruca colada com cuspe.

*

Helena olhando para mim com uma cara de menina de doze anos. Aquele ar racionalmente imbecil, de quem tem o que gritar mas se esqueceu como aciona a voz. E eu falando alto, sem pausas:

*

Você não produz nada, você não presta para nada, você é um zero. Um zero gordo.

*

A namorada falava “não fale assim, não fale assim”, com um tipo de sotaque cantado não identificado. Eu mostrei o dedo para ela. “Você não pode fazer isso. Você está sendo grossa.” Por que ela não se levantou e deu uma paulada na minha cabeça? Eu teria parado de falar na mesma hora. Teria respeitado a escolha dela por aquela mulher. Mas a moça não deu a paulada então eu continuei: “Você é horrorosa! E disforme! Você tem inveja de mim".

No instante em que me virei para partir, iniciei o processo lento que é relembrar essa história. Buscando em minha memória o que acabara de dizer. A cara dela. A voz da namorada dizendo que eu estava sendo grosseira. A minha voz saindo pela garganta com uma precisão nunca vista em uma bêbada.

Com a força dos mongoloides, joguei as malas no elevador antes de entrar nele. Desci os andares na placidez dos que descem, saí do prédio chutando bagagens, entulhei tudo no banco de trás do carro. Peguei uma direção simultaneamente oposta à da minha casa e à do meu apartamento de escrever. Indo para algum lugar longe de mim. Guiei a esmo por dois cigarros e meio. E voltei para casa. O álcool, a vergonha e a maluquice mesmo fizeram-me parar torta no meio da garagem. Acho que queria descansar antes de ter que estacionar na vaga. Quando me achei apta a fazê-lo, eu não consegui mais ligar o carro. Liguei, mas alguma coisinha apitava, informando que havia algo de errado. Ora bolas, eu já sabia que havia algo de errado. Tudo. E até o carro me culpava por isso. Desliguei e tentei novamente seguidas vezes. Faróis. Pisca-alerta. Trancas. Jato de água. E a coisinha apitando. A bosta iria explodir? Havia acionado sem querer o mecanismo de autodestruição? É, acho que sim, pois decidi desistir e ficar por ali. Até, quem sabe?, amanhecer. Ou até passar um pouco da minha embriaguez e eu conseguir me comunicar com o porteiro. Pulei para o banco de trás, caindo no meio das malas. A cabeça girando. Com frio, optei por acender mais um cigarro. Catei minha bolsa atrás do maço, e vi o celular piscando, preso na alça. Digitei, com razoável dificuldade, a senha do automático. Quatro breves chamadas e Guido atendeu. Disse para ele onde estava. Não como, só onde. Tentando dar uma casualidade à situação, responsabilizei "esses carros automáticos" por toda a confusão. Dali a pouco, ele descia. Eu permanecia no banco de trás, agora bem sentada, terminando o meu Marlboro. Guido abriu a porta e tirou-me dali sem dizer nada, cobrindo-me com o casaco de couro que vestia em cima do pijama. Porque eu estava gelada. Aí ele me conduziu até o hall de entrada e esperou que eu chegasse ao elevador. Dei um tchauzinho para ele antes de subir. Ele voltou ao carro e foi-se embora.

É difícil respirar, imagine falar.

*

"Essa é toda a história, e poderíamos ficar por aqui se não houvesse algum benefício e prazer em contá-la; pois, embora exista suficiente espaço numa lápide tumular para conter, encadernado em musgo, o resumo da vida de um homem, os pormenores são sempre bem-vindos." Este é o segundo parágrafo do livro *Riso no escuro,* de Nabokov. O primeiro resume todo o resto. Mais ou menos assim: o caso do sujeito berlinense que larga tudo por uma putinha e se fode. Mas o que eu gosto mesmo é: "essa é toda a história". E me libero a experimentar em voz alta como seria o meu primeiro parágrafo; uma mulher casada, que estraçalha qualquer verdade com um caminhão cheio de mentiras, só para estar como uma outra. E essa é toda a história. A única armadilha, que já se esclarece, é o uso do termo como e não com. Estar *como* ela. Virar. Advérbio – não é mas, no caso, devia ser – de possessão. Eu possuída. Já que não podia estar com Helena, porque ela não queria, a única solução seria transformar-me nela. Se pudesse, faria mil plásticas para deformar o meu corpo igual ao dela. As suas roupas horrorosas, para mim, eram todas as que vestiram, em filmes, Greta Garbo. Quando qualquer vendedora da Lapa saberia classificá-la, no mínimo, como uma gorduchinha de mau gosto. Sem ser injusta, porque a minha intenção não mais é a vingança, ela até que tem algum bom gosto, mas o seu corpo é impossível. Qualquer ousadia, naquele pequeno espaço amorfo, é um estrondo visual sem precedentes. Um Guggenheim de Bilbao. E nos tempos atuais, com todos os seus recursos e marcas e tecidos de tecnologia avançada, lentes amarelas para óculos de boa grife, bolsas feitas por programador visual, logomarcas em fivelas, seria muito difícil para ela não sucumbir às compras equivocadas. E que, uma vez comprados, os tênis de couro com bicos quadrados da Puma, devem ser usados. Usados por ela. Naqueles pés que, sei, parecem duas alcatras malpassadas. Enlouqueci me apaixonando por ela. Sendo tantos os telefonemas que dei, durante essa paixão, que bastava uma olhada nos registros da minha conta telefônica para um batalhão de psiquiatras vir me buscar. Com enfermeiros e belas camisas de força. Como diria Nabokov, é foda ficar tentando explicar o que já é sabido. Todos reconhecem a essa altura que me tornei uma Glenn Close, cozinhando esse coelho na panela, essa paixão emacumbada. Então, a minha cabeça, depois de todo esse tempo, capta muito mal a cronologia dos fatos. Não porque me esqueci de algo, não porque me confundo com lembranças outras, mas porque a minha alma procura proteger-se, reagindo a tais pensamentos com ausências. Tipo como se eu sofresse do mal de Alzeimer – é assim que se escreve? Acho que não. E não vou verificar, já que é por isso, por estas palavrinhas mal ditadas, que a história se remonta. A repetição, repito, é uma obviedade que caracteriza meu estado patológico. Tome minha teimosia, contudo, como generosidade. Muitos, aqui, calariam. Mas parece que tem um microfone embutido na minha laringe. Laringe, ou faringe, ou em algum canto da minha cabeça, para que, de mim, toda essa energia suba ao cosmos, e no cosmos reverbere a sua extensão. Junto com todas as outras energias infames; as das pessoas que amaram perdidamente, que pararam de comer, de tomar banho, de falar, e que, como eu, em dado momento entregaram para o Universo o que não cabia mais na gente. Toda essa multidão de pessoas sou eu. Ou era eu. Doida de pedra, achando lindo um cinto de fivela dourada com o H da Hermès. Bem que Guido me avisou:

— Parece cinto personalizado de um babaca chamado Hélio.

E neste instante, juro, só agora me toquei que, pior, era H de Helena. Caralho! H de homossexual! Ok que depois desse pequeno escândalo social – que não é nada comparado à sensação de mico perene que tenho em mim – eu já devo ser considerada, nos anais das classificações, como uma lésbica falsa e ridícula, mas sair por aí estampando um H de fancha, ai, foi foda. Por isso que estou assim, de vez em quando, quase sempre, meio apática. Tenho todos os atestados ao meu favor. A doença que as minhas receitas sugerem é punk. Pelas bulas do que tomo, sou o espectro da obsessão compulsiva realizada em pessoa. Tenho certeza que, do ponto de vista psicopatológico, tenho todos os motivos do mundo para estar em estado de choque.

*

Num daqueles exames que fica azul em um minuto, soube que estava grávida. Três dias após, tendo andado muito a pé, pensando, notei um pequeno sangramento vermelho-escuro, que, soube depois, os médicos chamam "borra de café". Pelo telefone, minha ginecologista me disse que isso poderia ser sinal de que o embrião, querendo instalar-se no útero, raspara as paredes – um fenômeno que ela disse ser normal e chamar-se nidação, de ninho. Recomendou-me repouso, abstinência e observação. A coisa parou, mas, no Dia das Mães, voltou mais forte. Fui fazer um ultrassom, e não se via nada no útero, embora fosse suposto um embrião ainda muito pequeno. Meu exame de sangue, entretanto, ainda indicava gravidez. Restava esperar mais uma semana e repetir esses dois exames. Não me lembro de haver sentido cólicas – talvez uma bem fraquinha –, mas o que mais me incomodou foi a espera. Uma semana depois, os exames foram repetidos e a coisa ficou mais clara. A taxa hormonal aumentou, mas ainda nada se via no útero. Saí da médica às quatro da tarde, tive que respeitar as cinco horas de jejum, e às oito dei entrada no hospital, para ser operada às dez da noite. Ainda no quarto me deram um Dormonid, mas consegui apreender várias situações na sala da operação, que durou duas horas. O embrião estava na trompa, já bem inchada, que foi retirada e autopsiada – nada de anormal chegou a indicar, só confirmou a existência de um embrião dentro da trompa. Não souberam me explicar o que aconteceu, sendo o provável que a trompa estivesse defeituosa, não o embrião, que pelo visto crescia sem problemas. Minha médica consultou um livro que falava da incidência desses casos: um em cada trezentos casos. Ou seja, nada tão raro assim, mais fácil que ganhar no bingo. A pressa em operar havia sido porque poderia haver uma hemorragia interna, caso a trompa se rompesse pelo esforço anormal, e aí eu correria risco de vida. O rasgo em meu ventre, para um observador distraído, passa como cicatriz de cesariana.

Não foram os transtornos esquizoafetivos, do tipo maníaco, que me encabulam – talvez eu tenha me tornado, finalmente, um personagem ao estilo Sallinger. O que me mata, hoje, foi, juro, ter perdido tanto numa cartada tão chula. Porque, sim, sei, sou uma exagerada, mas não uma chiliquenta. E mesmo que fosse chegada a uns pitis de vez em quando, seriam justificados se eu tivesse me apaixonado por uma sapatona linda, mas nunca por uma Helena. Mais uma alegação perigosa, pois ressalta o fato de que não me arrependo de ter feito as barbaridades que fiz – muitas, que não vêm mais ao caso, devido à pequenez dos dados diante da questão elementar: arrependo-me? Não. Fiz e faria tudo de novo. Como é que é? "Começaria tudo outra vez se preciso fosse, meu amor..." É, Gonzaguinha e eu começaríamos. Não posso negar, e desconfio que essa é a única honestidade que me restou. Até a cicatriz é falsa, visto que parece um troço que não é. Tenho uma boceta enorme costurada em meu ventre que mente: sou mãe. Até o que parece, literalmente, que ficou para sempre, não é nada. E mentira. Então, retornando ao primeiro parágrafo do meu livro...

Eis a história, que se resume toda na seguinte frase:

Com seu amor doentio, pela pessoa errada, Fulana (que seria meu alter ego) atropelou a verdade com um caminhão de mentiras, magoando o amor real de sua vida (Guido, que seria chamado de Teodoro). Como punição (Deus), Fulana perdeu-se a si mesma na ausência do marido e do filho (o bebê que não tive).

*

VERSÍCULO TRIGÉSIMO NONO

Devia calar-se essa mulher.

*

VERSÍCULO QUADRAGÉSIMO

A dádiva do livre-arbítrio, em última instância, destitui-me de qualquer responsabilidade.

*

VERSÍCULO QUADRAGÉSIMO PRIMEIRO

E vendo com os nossos olhos, que vasculham as intimidades, sabemos, nós, os de maior inteligência, que ela viveu, sim, uma grande história de amor.

*

VERSÍCULO QUADRAGÉSIMO SEGUNDO

E que somente o afetado do apóstolo João poderia ser mais positivo, como fomos até agora, na leitura da vida desta mulher.

*

VERSÍCULO QUADRAGÉSIMO TERCEIRO

Que será perdoada, não por mim, nem por Guido, que é superior aos rancores dos traídos, mas por si mesma.

*

VERSÍCULO QUADRAGÉSIMO QUARTO

Sendo certo que, somente se perdoando, conseguirá enxergar o amor, também superior, que Guido tem por ela. O qual, deveria agora saber, é merecido.

*

VERSÍCULO QUADRAGÉSIMO QUINTO

Não seria errado nem deselegante se alguém testemunhasse a favor de Cristiana.

*

VERSÍCULO QUADRAGÉSIMO SEXTO

Aqui de cima, o quebra-cabeças é o seguinte: em todas as suas chances quânticas, ela, sente no peito um agora que lhe parece infinito. Mas quebra-cabeças são assim.

*

VERSÍCULO QUADRAGÉSIMO SÉTIMO

Imaginem um quebra-cabeça onde as peças, uma vez juntas, cicatrizassem. Só dessa forma o equilíbrio poderia perdurar. Pois se colocam os pedaços nos seus encaixes perfeitos, e uma joelhada na mesa transforma tudo de novo em bagunça. Porém, como já disse, e de diversas maneiras, não fosse assim a brincadeira não teria graça.

*

VERSÍCULO QUADRAGÉSIMO OITAVO

A entropia é uma ideia notável. O desequilíbrio é o motor da evolução. E se me permito este autoelogio é porque até eu, a ela, entropia, submeto-me.

*

VERSÍCULO QUADRAGÉSIMO NONO

O caos, que vem pelo feminino, organiza-se para a mudança. Infla. Gira. Contorce. Geme. Mas funciona.

*

VERSÍCULO QUINQUAGÉSIMO

Eu sou mulher. E sou homem.

*

Seria perfeito se eu pudesse girar os meus próprios ombros.

*

Seria muito bom, Senhor, se eu pudesse ter Guido de volta.

*

Já pedi todas as desculpas que a minha culpa aguentaria. E o que tenho de dor na garganta, que me faz ficar sem voz, é o medo de que o meu amor, sendo dito, pareça, de novo, tantas vezes, mais uma vez, mentiroso.

*

Mas uma vergonha dentro de mim me impede de dizer a ele que eu o amo.

*

Vergonha do que fiz com esse verbo.

*

E ainda morro em saber que ela tem cartas, nem mais ridículas e sim já podres, pois eu desgastei canetas, e desperdicei tanta tinta, para dizer te amo, quando não era isso.

*

O meu sacrifício vai ser calar para sempre a boca para essas palavras.

*

Na minha cabeça, um dia, ele irá escutar meus pensamentos.

*

E, também um dia, vou escrever um livro inteiro para dizer:

*

Ei, Guido, eu te amo.

*

PRIMEIRO PARÁGRAFO

Era uma vez uma mulher que se chamava Cristiana e vivia em São Paulo. Ficou apaixonada, dane-se se pela pessoa certa ou não, e perdeu nisso a razão e tudo o mais que tinha, passando a se comiserar de sua dor ficando muda; no silêncio, descobriu que amava tudo o que dava por perdido. Desde então tenta, igual a um tetraplégico que por um canudo na boca tem os comandos da sua vida, pedir alguma coisa de volta.

Este livro foi composto na tipografia Austin News Text, em corpo 9.5/14, e impresso em papel off-white na Gráfica Plena Print.